AF192103

H. FAJURALLY

Ultime Effort

novum pro

Ce livre est également disponible en version e-book.

© 2024 novum publishing

ISBN 978-3-99146-350-4
Relecture: Kathleen Moreira
Photos de couverture: Valery Zotev, Lacreme I Dreamstime.com
Création de couverture, mise en page et paragraphe: novum publishing

www.novumpublishing.fr

Print product with financial
climate contribution
ClimatePartner.com/16547-2311-1001

Avant-propos

Echappé du destin, presque réduit à néant, jeté en pâture, abject de la société dès la tendre enfance, tantôt inapprochable, tantôt paria, frustré tout le temps, toujours tenu à l'écart comme quantité bassement négligeable, insignifiante même, voué à la perdition, sauvé de l'étiolement, préservé de la déchéance, récupération in extrémis de la nature, les circonstances aléatoires n'ont pas voulu que l'antécédence de l'auteur, H. Fajurally soit un banal produit biodégradable sur la planète Terre.

Pied de nez ou tout simplement hasard de l'histoire ? Quoi qu'il en soit, ne voulant point être un sujet de rejet permanent de l'existence, évitant avec opiniâtreté l'astuce de la fatalité claustrale: le repli, l'enfermement sur soi-même, en digne bibliophile dont l'apprentissage livresque, en parallèle l'étude de l'humanité, lui ont été d'une rescousse suprême, une bouée de sauvetage, une fortification de l'esprit, une évolution de l'intelligence, une révélation du savoir, une étendue de connaissance, enfin une lumière qui lui insuffle, aujourd'hui, la joie d'être et la douceur de vivre!

L'écrivain n'est pas allé de mainmorte. Il fait preuve d'un grand courage et d'un optimisme indéniable en ayant tenu la gageure de marquer l'empreinte de son passage au sein de notre patrimoine culturel / littéraire dont il nous dispense son 4ème, ouvrage : Utime Effort...

Sans empressement aucun, petit à petit, avec une patience, une lucidité de l'extrême et aussi avec sa trop grande modestie, son humilité incontestée, il nous étonne encore, nous ingurgite de cette force de volonté qui l'honore. Cette volonté qui en est toute sa raison d'être, toute sa raison de vivre, toute sa fierté!
Il a su parcourir son petit bout de chemin dans l'existence qui lui a conduit au-dessus d'un niveau où l'air qu'on respire est sain

et limpide; où, sans aucune ombre dans la vision, la vue domine dans une large dimension l'horizon lointain; où, la sensation est telle qu'on a comme un pressentiment, une impression de sentir auprès de soi l'Eternelle Présence de Dieu...

Note de l'auteur

L'auteur tient à faire ressortir que cet ouvrage est un amalgame de réel et de fictif qui cadre avec les normes de son style. Il décline donc toute responsabilité envers quiconque se sentirait visé.

Au nombre restreint des êtres sensibles à la valeur humaine, ces êtres qui ont, d'une manière ou d'une autre, toujours cru en moi... qui m'ont toujours soutenu en ma capacité d'homme individuel et en tant que modeste citoyen de la nation, je vous dédie cet ouvrage, d'un genre de roman engagé, écrit avec beaucoup d'humilité et de conviction, puisée dans les profondeurs abyssales de mes entrailles, comme un juste hommage que je vous témoigne, à vous, êtres connus ou inconnus, en toute âme et conscience...

Cet assemblage de consonnes et de voyelles, somme acquise de longue expérience dans le brassage naturel, sain, au contact quotidien avec mes semblables, est également dédié à tous ces milliers de gens banals ou importants, démunis ou nantis, SDF ou pique-assiette, clochards ou vedettes, pauvres ou riches, inconnus ou connus qui souffrent le martyre dans l'anonymat. Alors que certains rencontrent la mort dans des circonstances indicibles, emportant leurs secrets avec eux dans l'ultime demeure éternelle. Que Dieu dans sa miséricorde les accueille en son sein ! H.F.

Chapitre 1

Le réveil électronique du tableau de bord, tout brillant du silicone « cockpit », indique 14 h 45. Selon le compteur du kilométrage, le conducteur a roulé plus de 100 milles depuis qu'il est au volant de la voiture. L'indicateur au laser du réservoir d'essence, doté d'un système informatique, est à son deuxième avertissement avec son intonation caverneuse :

« Remplissez votre réservoir de carburant ! »

« Remplissez votre... »

Et une lumière ambre s'allume, émet des clignotements en alternance espacée, soulignant le compte à rebours avant le dernier avertissement, l'épuisement du débit d'essence.

Cette voiture est l'avant-dernier modèle de la récente série de Mustang Pony mise sur route par la très célèbre maison de fabrication californienne, spécialisée dans ce genre de voiture robuste, puissante, avec une tenue de route impeccable et une stabilité irréprochable.

Assignée d'un moteur de forte capacité de six cylindres à injection directe avec une poussée propulsive de 2284 c.c. ; l'éjection explosive est canalisée dans un conduit d'échappement à double sortie dont les embouts à vifs éclats sont enjolivés des pourtours ourlets et cuivrés d'où s'échappait, lors de la mise en marche, une giclée de goulettes d'eau à vapeur, accompagnée d'une légère fumée bleuâtre qui, au fur et à mesure de l'augmentation de la pression du moteur, produisait un effet évanescent. La pétarade de l'engin est retenue par un résonateur acoustique et une énorme boîte silencieuse en acier inoxydable. Cette matière métallique n'est pas corrosive et elle a une résistance à long terme. Le bruit qu'elle répercutait en état d'allumage a une sonorité ronronnant, agressive et agréable à entendre. Quand l'accélérateur subit la pression du pied, le compte-tours bondit, monte, oscille entre

1000 à 2000 tours seconde, le son devient encore plus bruyant qu'il soulève des vibrations amplifiantes et crescendo tout autour. C'est tout comparable à une musique rustique à rotation vrombissante.

L'automobile possède toutes les options : une carrosserie imposante à profil aérodynamique avec des bas-volets accouplés en saillie à retroussement double, alignés sur des ailerons bombés surplombant des grosses roues aux jantes cosmiques. Ces roues, autant imposantes qu'impressionnantes à voir, sont emboîtées dans des moyeux aux six boulons, serrés avec des énormes écrous convexes à multi pans. Cela est très important pour sécuriser le serrage des roues. De cette façon, l'application du blocage de la roue au moyeu est assuré. Quand il s'agit de remplacer un pneu crevé, alors là, c'est tout un travail de titan ! Certains écrous sont en eux-mêmes, un verrouillage autonome. Il requiert des clés de roues spécialisées pour déverrouiller le système. Il est assez commun lors d'un problème de crevaison de voir surgir un dépanneur en quatrième vitesse.

La devanture du bolide est assortie d'une large garniture blindée, chromée, très brillante à l'éclat du soleil, aux crash-bars avec butoir de pare-chocs, protégeant à la fois les phares, les lumières antibrouillard et la calandre derrière la grille, style typique des voitures de safari.

Une première ! Il était temps d'y penser : jet d'eau furtif par aspersion au visage en cas de somnolence afin de préserver le conducteur de toute velléité au volant. Quelque soit la circonstance, il n'y a nul être humain qui pourrait résister à la fatigue dans une voiture sur une longue distance. Un minuscule boîtier hyper sensible, fixé près du pare-soleil, à la hauteur de la tête du chauffeur et le tour est joué.

Équipée d'une direction assistée, d'un système de freinage A.B.S., des vitres et des rétroviseurs électriques, fonctionnant au moyen de touche digitale avec verrouillage central à télécommande automatique, la Mustang est une merveille d'attirance.

D'autres techniques modernes sont attribuables au concepteur de cette grande marque d'automobile. Les indicateurs électroniques du cadran de bord avec ses nombreux points de lumière lumineux, multicolore, clignotant sur fond rouge, bleu, vert, ambre, sont entièrement informatisés avec des émissions vocales annonçant, par exemple, l'approche du « servicing », l'épuisement du carburant dans le réservoir, une ampoule grillée, le manque de pression dans les pneus allant jusqu'à la mise en garde en cas d'excès de vitesse. Que dire de son petit écran radar incrusté dans le tableau de bord presque en face de l'œil gauche du chauffeur et qui abrite le plan des principaux points culminants du réseau routier ? En quelques touches digitales, le pilote de la voiture est prévenu au sujet des circuits à éviter, pour cause d'embouteillage ou toute mauvaise surprise...

Et, autre curiosité, les balais essuie-glace s'activent, entrent en mouvement dès que quelques gouttes de pluie tombent sur le pare-brise. S'il ne pleuvait pas et que la vitre est crasseuse ? Sous le capot, il y a un récipient à double séparations dont l'un contient de l'eau ammoniacale, tandis que l'autre est remplie de liquide neutre pour asperger le pare-brise en tirant légèrement sur la manette qui actionne l'essuie-glace.

Il ne manquait à cette belle Californienne que l' « Air Bag » de protection qui se déclenche, fuse, jaillit, se gonfle spontanément, vient se caler, s'immiscer entre le conducteur et le volant, au moindre impact autour de 70 / 85 kilomètres à l'heure lors d'un accident. C'était la toute dernière découverte de la haute technologie aérodynamique de sûreté, toujours avec le souci d'apporter une protection encore plus rapprochée en vue de préserver de façon optimale l'être humain en cas de télescopage. Apparemment, selon le dépliant mensuel, la maison-mère a fait provision de l'inclure dans la prochaine série de Mustang Pony, quoique que l' « Air Bag » revient à un prix assez élevé et qu'à chaque jaillissement, il faut impérativement remplacer à nouveau le ballon d'air, incorporé au volant de la voiture et quelques fois aussi contre la boîte à gants. Cette opération de remplacement reviendrait autour d'une cinquantaine de milliers de roupies. Qu'est-ce que l'argent, en fin de compte, quand la vie est en jeu ? Somme toute, avec la ceinture de sécurité existant déjà, le conducteur est doublement à l'abri du désastre corporel qui, autrement, pourrait avoir des conséquences fâcheuses sur la partie supérieure de l'être humain : la poitrine, la tête, le visage, les yeux...

Pourtant, malgré tant de précautions, il y a plus d'un conducteur qui est mort asphyxié, succombé par suffocation avec le prompt jaillissement de l'Air Bag ! Fatalité du destin ou mauvais sort ? Rien à dire. La sécurité à 100 % n'est qu'une utopie à berner les crédules. Le zéro risque n'existe pas dans le giron de la mécanique. On est obligé de se sentir écœuré, malgré tout, par tant d'accidents survenus, causés probablement par une conduite dénuée de sens de responsabilité... Quelle remarque rigoureuse doit-on se faire envers ceux qui emploient sans vergogne, de l'arrogance tout crue, au volant ?

L'automobile est dans le genre des grosses cylindrées à crever l'œil d'envie et pousser l'ambition à la démesure. Et cela rien qu'en imaginant son garnissage intérieur capitonné, cousu en véritable cuir noir, recouvert de sièges à bascule, ajustables avec appuie-tête mobile, au cas où le besoin d'un repos ou d'un étirement se ferait sentir. C'est aussi confortable que sur un canapé dans un salon somptueux.

Cela fait plus de trois heures, trois longues heures que le conducteur roule... roule... vers une destination inconnue, direction nul part, sans but précis. C'est bien plus une sorte de défoulement, une fuite en avant, un besoin de s'éloigner, de s'évader, de s'extérioriser pour mieux se retrouver, se situer, se fixer !

Chapitre 2

Quelques milles encore comme ça, le moteur sera privé de carburant. Ce sera la panne sèche au beau milieu d'un endroit, où en portant le regard au loin, il n'y a nulle trace d'habitation, nulle âme qui vive, si ce ne sont les rares automobilistes qui circulent à grande vitesse, indifférents à tout ce qui se passe sur la route, ne songeant qu'à leur destination, qu'à eux-mêmes, à leur petitesse égoïste...

Encore un peu plus loin, pas de signe d'êtres humains si ce ne sont les travailleurs des champs. Des laboureurs, ces hommes et ces femmes aguerris à l'agressivité au travail de la terre. Ils sont méconnaissables dans leur accoutrement, indifférents dans leur uniforme unicolore au teint de l'argile, imprégné de sueur, lourd de l'humidité qui dégage une odeur âcre, rance de transpiration diluée, mélangée à de la poussière et des duvets de pousses aux feuilles verdâtres. Pourtant, toutes ces senteurs qui se dégagent, toutes ces exhalaisons fétides qui pénètrent l'odorat d'une âcreté forte, insufflent aux narines un sens sacré de déférence profonde et imposent le respect envers tous ces hommes, toutes ces femmes aux visages hâlés, sillonnés de rides, asséchés sous l'effet d'un soleil de plomb, vieillis avant l'âge. Pouvait-on n'avoir d'estime, de sympathie ou de sentiment propre pour cette race de travailleur qui est partie prenante de la chaîne humaine ?

Ces laboureurs basanés, aux regards marqués d'astigmatisme, sont tous confinés à leur rude besogne dans un climat torride, au mépris de toute irritation corporelle, due au contact de sel d'ammoniac et d'autres produits chimiques toxiques, que leur cause l'insalubrité, l'insanité de leur condition de travail. Ils sont l'eau, le sel et le levain de la terre. Ces hommes et ces femmes demeurent en continuel mouvement, tête-bêche, le dos voûté, l'échine toujours courbée vers le sol aride avec pioche ou faucille à la main. Ils n'ont aucune notion de toute la beauté de la nature qui les entoure ; leur nez non plus ne distingue guère l'agréable senteur provenant de la terre remuante qui monte à la surface et excitante à humer. Ils n'ont aucun souci du temps, ni de la forte brise, ni de la pluie, encore moins du soleil ardent qui tape dur sur le dos lorsqu'ils sont au travail au point de sentir parfois que la peau, trop longtemps exposée à la chaleur cuisante de midi, se détachait de leur corps... Dans ce genre de condition, la poésie devient une expression blessante, triviale, vaine et vulgaire. Parfois, on a envie de demander à nos savants néologistes d'inventer une sorte de mots qui permettraient une communication fluide sans porter atteinte à leur amour-propre, à leur sensibilité, à leur fierté d'appartenance à cette autre catégorie de la fraternité humaine.

Quel exemple de courage ! Quelle résignation à leur sort ! Leur sacrifice au travail est une garantie pour l'avenir de notre commerce extérieur dont ce domaine en est l'un des piliers : le sucre. Et eux, à part leur salaire semestriel ou mensuel et sans s'en rendre compte, ces stoïques travailleurs des champs sont de braves héros. On dit qu'ils sont à la base de l'économie du pays. Ces corps de laboureurs, de planteurs et d'artisans endurcis ont su goûter avec une indéniable délectation le plaisir d'une récompense, à posteriori, largement méritée pour toutes ces années de dure labeur, faisant preuve de beaucoup de patience et autant de rigueur dans leur tâche.

En effet, bon nombres d'entre eux ont choisi, selon une proposition de l'Industrie Sucrière et avec la participation de l'État, la retraite volontaire en échange d'un lopin de terre, accompagné d'une somme d'argent additionnel, en fonction de leur temps de long service. Les intéressés à ce projet ont accueilli cette prestation avec l'assurance d'avoir accompli la mission de leur destin.

14

Dans le sillage de ces rudes travailleurs des champs, on racontait l'anecdote suivante :

Lors de la cérémonie d'ouverture de la coupe annuelle, au sein d'une industrie sucrière dans le sud du pays, alors que l'on recevait tous les invités officiellement conviés dans un silence de mort, soudain, une vibration, un bourdonnement s'élevait, un murmure se faisait entendre à côté du parterre où s'agglutinait la masse des travailleurs et parcourait la foule des laboureurs, planteurs, jardiniers, artisans... Comme d'un seul bloc, ils se mettaient debout et à l'unanimité, accueillaient avec un enthousiasme débordant, sous des applaudissements poussés, frénétiques, nourris à grands claquements de mains, l'arrivée énergique d'un étrange personnage, en longiligne et moustachu. C'est du « standing ovation » dans toute son élégance !

L'homme était habillé d'un complet gris-sombre à col rond et portant des cheveux couleur de neige au-dessus d'un visage fluet, serein, brillant, éclairé des yeux pétillants en profondeur. Il s'avançait dans l'entrée principale entre les rangées de chaises, avec prestesse et à longue enjambée ; sa physionomie détendue reflétait la totale satisfaction, le comble de l'attente... De toute part fusait un jaillissement d'admiration à l'égard de cet homme, vieilli prématurément et qui paraissait connaître tout un chacun. Il répondait vivement à leur salut, en agitant ses mains haut levées comme pour les remercier de l'hommage inattendu qu'ils lui avaient réservé. Tandis que l'établissement protocolaire le considérait comme un invité de second rang... politique rancunière oblige !

Homme charmeur, rompu à ce genre d'accueil, frisant le débordement, frôlant l'hystérie, il maîtrisait son émotion avec une rare sobriété et avec beaucoup de distinction. Partout où il se présentait à ce genre de cérémonie, où les normes protocolaires ne requièrent aucune règle, on l'accueillait bien souvent comme un messie !

— Si on est là en si grand nombre aujourd'hui, nous le devons à cet homme de vertu exceptionnelle. Au péril de sa vie, il a valorisé notre dignité d'homme. Il nous a fait acquérir notre fierté d'être humain. Il a rehaussé le niveau de vie des travailleurs en général. Il nous a remis sur la voie de la revendication salariale et nous a fait obtenir des heures réglementaires, limitées à 40 heures de travail par semaine. Il nous a placé sur le droit chemin de la liberté. C'est quelqu'un d'une si grande importance pour nous que nous ne l'oublierons jamais, déclarait avec verve et ferveur un père de famille dans cette foule en effervescence qui ne cessait de scander le nom de ce grand militantiste.

— Il y aura toujours une place de choix dans le cœur de chacun de nous pour cet homme d'un milieu différent et nous avons fait le serment de la transmettre de génération en génération, lançait une grosse femme, travailleuse des champs, à l'oreille de sa sœur venue passer des vacances auprès des siens.

Comme pour ajouter la cerise sur le gâteau, un jeune lançait à qui voudrait l'entendre :

— Il ne faut surtout pas oublier que si, aujourd'hui, on porte des bottes pour se protéger les pieds, des gants pour éviter que les mains s'abîment et d'autres accoutrements de protection, c'est à lui que nous le devons. Et tout cela pour nous encourager à aimer le travail aux champs, tout en étant capable de nous apporter une protection, une dose d'esthétique à notre personne.

Parfois à haute voix, parfois à voix basse, toujours est-il qu'on parlait tout le temps de lui, en des termes plus que flatteurs, élogieux. Il personnifiait l'espoir. Il était le porteur de l'espérance. Il détenait aux creux de sa main le destin de tant d'hommes. Il était la lueur et la lumière. D'autres chuchotaient qu'il était l'homme de l'An 2000 : l'homme transitaire du millénaire, version région Océan Indien. Peut-être que cela était dû, évidemment, à sa forte personnalité médiatique et à son extraordinaire charisme. Pourtant, on ne disait pas tout sur cet homme. Peut-être que personne ne se rappelait de cette époque où le pays vivait sous un régime dictatorial, oppressif, pratiquant la répression à outrance, la censure de la presse écrite qui contraignait des rédacteurs à se présenter, chaque matin, en personne avec leur journal du jour sous le bras devant des gigolos pour obtenir le visa de publication. Alors qu'un certain éditorialiste se contraignit à l'exile !

On devait organiser des grèves généralisées pour une meilleure prise de conscience de la situation chaotique qui sévissait partout dans le pays. Les autorités gouvernementales d'alors poussées à l'extrême par la folie du pouvoir, allait même jusqu'à interdire tout attroupement de personne ou toute réunion syndicale. Les affiches sont placardées partout, dans tous les coins de rues exhortant le citoyen à ne pas répondre à l'appel des syndicats sous peine d'arrestation immédiate. Dans ces grands moments de tourmente et d'effervescence politique, cet homme, à lui seul, à l'aube, dans la fraîcheur de certains jours, avant même le lever du soleil, se trouvait dans les champs, sous les ponts en mauvais temps pour attendre l'arrivée des laboureurs et des planteurs afin de leur parler, leur expliquer, les convaincre, les mobiliser... balayant d'un revers de main la menace de la police politicienne.

Il ne craignait rien, ni personne. Il n'avait pas froid aux yeux et sa différence recueillait une solidarité égale à la puissance de son harangue. Téméraire, il n'hésitait aucunement à passer par des chemins tortueux pour cracher ses quatre vérités ! Remuant à l'extrême, il était toujours à la pointe de tous les combats sur tous les fronts. Seul contre tous, dès son émergence sur la scène syndicale et politique, quoique encore jeune, il a été une cible à pulvériser, à faire disparaître, à réduire au néant par ses adversaires de la décennie 70. Chacune de ses sorties en public était une occasion pour ses détracteurs de se débarrasser de lui. Agression à l'arme blanche, coup de matraque, asphyxie au gaz lacrymogène par la police anti-émeute au service de l'état, attentat à la carabine en pleine journée contre sa personne, tentative d'intoxication alimentaire lors de son injuste incarcération à la prison centrale où il fut contraint à l'existence carcérale pendant plus d'une année.

Il y a un épisode de son existence carcérale que nombres d'observateurs essayent d'escamoter. Lui et ses compagnons de lutte subissaient des traitements si inhumains pendant leur incarcération qu'un jour, au petit matin, ils se sont hissés sur le toit de la prison et menaçaient de se jeter dans le vide si on n'améliorait pas immédiatement leur condition de vie. Il n'y avait alors pas d'autres moyens pour alerter l'opinion publique :

— On nous traite pire que des animaux. La nourriture qu'on nous donne est pleine d'excréments de rats et d'autres bestioles ! Nous ne pouvons plus continuer à vivre ainsi. Mieux vaut mourir, criaient-ils à tue-tête du haut de la prison.

Les autorités pénitentiaires, choquées et scandalisées, réagissaient sur le champs et leurs promettaient de revoir tout de suite la raison de leur revendication et la cause de leurs doléances. Ils ne se laissaient pas amadouer pour autant par des mots flatteurs. Ils exigeaient des conditions écrites et signées, en bonne et due forme, par le Commissaire de Prison Centrale avant d'accepter de renoncer à leur projet suicidaire. Depuis, il n'y eu plus de suite. Tout était rentré dans l'ordre. Ils puisaient leur peine dans de meilleurs conditions durant le restant de leur séjour en prison forcée jusqu'à ce que les autorités concernées se voyaient obliger, contraint de les libérer...

Homme-acteur, rien ne l'entravait, ni ne pouvait l'arrêter. Il survécut à tous ces malheurs. Héroïque, altier, brave, il affrontait toutes les infernales épreuves sans jamais courber l'échine, ni fléchir. Qu'est-ce qu'on a pas essayé de lui faire endurer pour le museler, l'éliminer, l'effacer pour de bon sur l'échiquier politique ?

Un peu plus tard, de même dans le Port, arboré de sa large jaquette à cuir usée, flanqué de son blouson noir à col remonté, son jean délavé qui lui donnait une allure austère, maigrichonne, avec son visage sévère, émacié, moustachu légendaire, sa forte tête couverte d'une touffe chevelue en spirale, virevoltante au vent, il se frayait un passage, sans crainte, ni frayeur au milieu des gros bras, à la solde des grands patrons pour lui barrer le chemin, l'empêcher d'approcher les débardeurs. La modernisation et la restructuration des activités portuaires étaient alors derrière la porte. Il arrivait quand même à réunir les travailleurs pour lancer ses mots d'ordres à la mobilisation générale et à une sorte de désobéissance civile contre toute forme d'exploitation de la main-d'œuvre, qui, en ce temps-là, était une criante humiliation, indigne d'une société en voie de développement industriel !

Cet homme existe toujours... C'est un battant né. En outre, c'est connu de tous qu'il se positionne comme un des rares hommes publics à demeurer incontournable sur le plan des affaires courantes du pays et ce, pendant plus de trois décennies. Qui, de nos jours, pourrait prétendre s'en tenir à une telle fidélité face à un idéal qui s'éloignait, fuyait, refusait toujours de se concrétiser ? Pouvait-on en dire autant avec tous ces nouveaux arrivistes du temps moderne qui font de la politique une affaire d'intérêt personnel, un sujet de passe-droit et une affaire de gros sous ?

Comme tous les hommes célèbres qui ont marqué l'histoire universelle de leurs empreintes dans leur vivant, ils furent à de moments divers de leur existence soumis à des controverses. Bon nombre d'entre eux avaient sombré dans l'inconnu et dans l'oubli. D'autres y avaient même laissé leur vie... Certes, souvent ce geste fatal était dû au défaut de courage, par désespoir de cause, par pusillanimité face aux revers répétés de l'adversité, par trahison, par coup-bas des ingrats, par meurtrissure des sentiments... Faute de loyauté, par rupture de contrat qu'on croyait durer indéfiniment, par l'éclatement d'amour non-partagé, et enfin par le pourrissement d'une situation délétère où l'entente, la confiance, l'amitié, la camaraderie n'y trouvaient plus sa place, sa raison d'être. Parfois, la mécréance, l'athéisme, la démence, l'extravagance de la raison, la folie de l'excès également y sont pour quelque chose.

Quoi qu'il en soit, pour notre célébrité politique du terroir, il avait lui aussi subi les affres de préjugés, liés tout particulièrement à l'ethnicité et à la couleur de son épiderme, croit-on savoir de ce qu'on entendait parler tout autour. Dans ce pays béni de Dieu, vit toute une mosaïque de race, de culture et de religion. Alors que lui, issu d'une classe minoritaire, toutefois archi privilégiée par la noblesse de son rang dans la hiérarchie sociale et jouissait d'une nette autonomie en raison de sa suprématie du savoir et de son indépendance économique. L'ironie du sort, toujours était-il que juste au moment où ses mérites allaient successivement faire l'unanimité, allaient être récompensés, que des prédateurs surgissaient de partout pour tout faire capoter et banaliser ses louables contributions. Quel destin contraire que celui de cet homme qui a refusé la facilité de l'existence ? Presque une vie entière était vouée à la cause du bien-être de la nation.

Dans ce pays tiers-mondiste, il fut un temps où les partis politiques se concoctaient pour contracter des alliances qui devenaient des mésalliances en fonction de leurs intérêts du moment. Ainsi, lui était-il, au cours de sa carrière, souvent arrivé lors de ces alliances, une fois plébiscitées, à se trouver seul, en face de lui-même. Ses amis d'hier le quittaient pour se lier aux adversaires du jour qui leur auront fait miroiter des perspectives plus attrayantes. Et, à chaque fois, il repartait à zéro, reprenait son bâton de pèlerin pour suivre son destin de combattant. Où puisait-il cet inextinguible feu de courage et de volonté ?

Cela avait valu, lors de la dernière cassure politique au déclin du siècle écoulé, d'un jeune penseur de lui adresser ce qui suivait :

« *Cher Camarade, depuis plus de vingt-cinq ans, d'une façon ou d'une autre, je suis votre parti Mobilisation Mouvante Militante et de son alter-ego légendaire leader que vous personnifiez. À ma façon, j'ai demeuré et je demeure encore fidèle à la ligne politique prônée par votre mouvement depuis toujours... Je vous avoue, toutefois, en toute franchise que je ne suis pas de ceux qui brandissent fanion et pavillon à chaque événement politique où votre parti marquait des points ou remportait des victoires. Cependant, je suis un citoyen à part entière de ce pays et il n'en demeure pas moins vrai qu'en tant que tel, je ne pouvais me sentir étranger à tout ce qui touche de près ou de loin les rouages de la politique nationale. Ainsi, les successifs rebondissements de ces derniers jours m'ont fait beaucoup réfléchir sur la mentalité qui anime certains de nos hommes politiques avec leur insatiable soif du pouvoir... Le pouvoir ? Ce mot magique qui bouscule tout et chambarde l'esprit le plus brillant de l'avant de notre scène politique !*

Ceux-là, ces politiciens-là sont prêts à tout niveler à condition qu'on leur laisse assouvir leur ambition démesurée, propre aux parvenus et aux arrivistes de la nouvelle génération. Dans la mouvance, la conjoncture de ce revirement de veste, adieu donc principe, logique, conviction, détermination, et autre idéal de lutte alors que ce qui accroche l'œil se trouve encore plus alléchant... Voilà pour ceux-là : des ignares dont l'action convoitise découle de la plus pire des bassesses !

Cher Camarade, vous êtes un de rares hommes, sinon unique de ces dernières annales, de la masse citoyenne de ce pays dont les marges de manœuvre suscitaient toujours des réserves selon les tendances d'intérêt qu'on attendait de vous... Tant que vous faites le jeu de certains, tant mieux. On ne vous demande pas plus : vous devenez le pur produit panachage idéal, prompt, instantané à guérir, à soulager, à effacer d'un trait les maux les plus incurables, les souffrances les plus invulnérables, l'angoisse la plus tenace... On vous encense, on vous porte en triomphe et on trouve que vous êtes fait pour occuper la première place. Toutes vos paroles sont alors gobées comme lorsque l'on se signe d'instinct pour exprimer le nom du père, du fils et du Saint-Esprit !

Les revers surgissaient dès lors que vous ne jouez plus leur jeu... probablement parce que contraire à votre conviction initiale. Voilà qu'on vous taxe des pires maux. Comparés à tout cela, les péchés d'Israël ne sont rien... On vous tire dessus sans crier gare, non pas à armes égales, mais avec toutes celles qui leur tombent sous la main. Comme des terroristes. Dieu seul sait combien peuvent-ils encore vautrer dans la bassesse au point de nier en vous tout l'effort et toute l'énergie déployés pour les propulser et les installer là où ils se complaisent à se cramponner actuellement comme les derniers des renégats, sans aucune retenue, ni aucun complexe ! Pire. Il fait de vous leur pire ennemi. Quel étrange destin, quelle infortune de la vie !

Cher Camarade, ce qu'il y a d'extraordinaire en vous et que beaucoup ne le savent point, c'est cette force de courage, de bravoure capable de tenir tête à toute une armée ! Et, s'il y a lieu d'y laisser sa peau, vous n'êtes pas homme à jeter le manche après la cognée. Vous n'êtes pas homme à fuir devant ses responsabilités et battre en retraite par faiblesse ou par lâcheté. Vous êtes de ceux qui gardent l'épée à la main jusqu'au bout, jusqu'au dernier souffle, car votre destin, vous l'avez déjà tracé quand vous aviez pris conscience de votre prédestinée dans l'existence en compagnie de vos semblables. Il était alors décidé que, coûte que coûte, vous êtes appelé à tracer de votre main la destinée de tant d'autres.

Enfin, Cher Camarade, votre acharnement à bien mener votre combat ne se trouve que dans l'ordre naturel des choses. Et l'assumer n'est que votre droit légitime ! Que personne n'essaye de vous faire croire le contraire... Allez ! Allez ! Toujours à l'avant avec la même détermination renouvelée et les autres, comme toujours, vous suivront d'eux-mêmes. »

Ainsi était libellé l'état d'esprit, criant de vérité, de ce libre-penseur envers cet homme dont il ne tarit point son éloge et son admiration. Et pourtant, qu'on le veuille ou non, coûte que coûte, l'histoire retiendra de lui pour la postérité, sous forme des volumes d'ouvrages, qu'il a été l'unique, le vrai révolutionnaire dont l'existence tumultueuse était marquée par des enchaînements d'agitation à myriade de rebondissements que le pays ait connu. Cela avant même son accession à l'indépendance pour devenir aujourd'hui une République, reconnue, réputée, courtisée, adulée, vantée par des hommes d'affaire, de hautes personnalités politiques, des agences touristiques, des cinéastes, des vedettes du show-biz, des vacanciers du monde entier.

Il est un authentique architecte de la nation... un vrai bâtisseur. Il possède un charisme, un don inné de meneur : un meneur d'hommes ! Un tribun émérite avec une force d'intelligence, une sensibilité accrue dans la perception des événements, une capacité rigoureuse au travail de longue haleine, sans relâche et une faculté intellectuelle à dimension internationale qui faisaient de lui un homme de sentiment noble avec une sagesse, une grandeur d'âme. Il est si ancré, si imprégné dans les mœurs de ce bon peuple admirable qu'il lui suffisait d'un claquement des doigts pour soulever une armée de révolutionnaires. Prince du jour, baron de toute sorte, seigneur de certain fief, capitaliste de tout poil, homme d'affaire et autres hommes aux divers titres ostentatoires ont, tous, d'une manière ou d'une autre, mangé dans sa main, dansé au son de sa musique et valsé au rythme de son répertoire.

Au nombre de toutes les qualités qui prédominaient sa forte personnalité, il est également un orateur hors-pair, volubile à souhait dont la moindre des phrases, l'esquisse d'une émission ou la tournure d'une expression quelconque soulève un délire indescriptible. Il possédait le rare talent, l'art de galvaniser la foule avec hardiesse, avec conviction et avec une pugnacité dynamique à toute épreuve. Il est modelé, forgé, moulé dès sa jeunesse à la rigueur de l'école du militantisme. Il est un homme de génie vrai.

Chapitre 3

Dans ce grand chemin du sud, bordé d'arbres plusieurs fois cente-
naires, plantés là autrefois dans le souci scrupuleux d'esthétique
et de préservation de l'environnement, déjà chèrement défendu,
protégé par les écologistes du siècle dernier, plane une pression
atmosphérique pesante, imprégnée de mystère et de solitude.
Avec leurs hautes branches recourbées qui se rencontrent, se
touchent, s'entrelacent, s'entremêlent et qui finissent par res-
sembler à une forme de natte en haut, tous ces arbres en bordure de la route apportent également la sécurité, la quiétude,
l'ombre et la fraîcheur tout au long de ce parcours. Les rayons
du soleil s'infiltrent avec difficulté à travers les touffes feuillues des branches verdoyantes qui laissent planer à certains
endroits un contraste de clair-obscur où les prismes de lumière
se butent contre l'épais écran de verdure. Au temps ensoleillé,
c'est un parasol ; au temps pluvieux, c'est un parapluie, imper-
méable à n'en point croire !

Il faut remercier Dieu que la modernité n'ait pas encore fait table
rase de ces beaux spécimens d'arbres séculaires sous le prétexte
obscur qu'il faut agrandir la route eu d'égard au trafic routier
sans cesse grandissant avec une planification à la déroute où
seule, entre en compte, la commission fiscale à percevoir.

Indifférent au volant de sa luxuriante voiture, le chauffeur aux
yeux exorbités, au regard hagard et à la mâchoire crispée, condui-
sait avec nervosité, comme un forcené fourvoyant, brouillé dans
d'immenses dédales aux issues aléatoires, ténébreuses, effrayantes.
Il ne cesse de remuer sur son siège. Tantôt il a les mains qui s'ac-
crochent, jouant nerveusement autour du mécanisme du volant ;
tantôt ses pieds se déplacent alternativement sur l'embrayage,
l'accélérateur et la pédale des freins. Dommage que le conducteur n'ait pas choisi la gamme de vitesse automatique. L'effort

serait bien moindre. Toutes ces extravagances auraient pris une autre allure avec un peu plus de lenteur et avec encore moins de brusquerie à la suspension... quoi qu'elle soit à l'épreuve de tout terrain !

Par moment, la voiture est lancée, poussée à fond dans un vrombissement assourdissant par une main de maître, ayant une connaissance parfaite pour ce genre de mécanisme. C'est le signe évident qu'il n'a point obtenu son brevet de conduite dans une enveloppe. Cela fait penser à certains on-dit qui voulaient faire croire que pour l'obtention d'un permis de conduire, il suffit d'y mettre le prix selon que l'on aimerait l'avoir sur place ou sur un plateau, chez soi. Chut ! On dit que dans ce pays tout est possible, pas seulement en politique... Il suffit de savoir comment glisser les espèces trébuchantes sous pli cacheté, à la sauvette ! Ce genre de tractation passe souvent mieux que celle de la transparence...

L'étrange conducteur négociait des virages sur les chapeaux de roues pour s'arrêter pile devant un embranchement où une grosse limousine noire aux vitres teintées lui coupe le passage dans un vacarme de klaxon strident et d'un soulèvement de poussières suffocantes. Il se retient pour ne pas lancer des jurons à l'adresse du chauffeur. De toute manière, c'est peine perdue d'avance. Il a d'autres chats à fouetter pour l'instant ! Il donne l'impression de quelqu'un qui se serait souvenu brusquement d'un rendez-vous à la toute dernière minute. Alors qu'il arrive diligemment tout essoufflé à l'endroit précis, il donne un coup d'œil au rétroviseur. Puis, pris par on ne sait quelle folie, il réfléchit, tâtonne, hésite et s'énerve. Enfin, il rétrograde la vitesse, tire sur le frein à main pour faire de la voiture une tête-à-queue, en se pirouettant sur elle-même. Elle se cambre, se catapulte avant de tourner bride, change de cap... Il appuie de toute sa force sur le champignon, coupe le contact en guise d'économie du fuel, qui se trouve déjà presque à sec, oubliant du même coup toute précaution élémentaire, car les freins seraient ainsi neutralisés, faute d'alimentation en air comprimé au maître cylindrique dans les systèmes du mécanisme de freinage. Dans le jargon, on dit aussi : servofreins.

Abandonnée à elle-même, il laisse glisser la Mustang tout brillant à l'éclat du neuf à une allure décontrôlée sur la route descendante, bosselée, pleine de nids de poule. Si, pour une raison ou une autre, un obstacle se présente, alors là, il faudrait craindre qu'il y ait mort d'homme. S'approchant du rond-point de Plaisance, heureusement peu fréquenté cet après-midi là, il enclenche la vitesse en troisième, actionne l'embrayage, remet le moteur en marche. Comme un débutant, il ne fait alors que tourner la voiture tout autour avec une inconscience outrageante. La vérité, c'est qu'il voulait gagner du temps...

Les pneus / 70 avec ses têtons à huit plis déchirent l'asphalte, soulèvent des particules de pierres broyées, mélangées au goudron et qui se détachent, s'élancent, giclent en tous sens dans l'atmosphère. Une bonne partie de ce granule goudronneux, emportée, soulevée avec la pression des vents se retourne et vient se tapisser, se coller contre le pare-brise. Couverts de ce miasme de résine noirâtre, le capot et le dôme en sont littéralement entachés, perdant ainsi de leur brillance. Il en est de même pour la lunette avant qui rend la visibilité quelque peu dense. Plongé dans un tourbillon invisible, tourmenté dans sa pensée, submergé, subjugué dans le débat de sa réflexion intérieure et, en même temps, grisé par l'ivresse de la vitesse, aveuglé de vertige, il allait catapulter une motocyclette venant de l'aéroport... Fort chanceux, sans perdre son sang froid, le motocycliste, dans un slalom acrobatique remarquable, digne d'un cascadeur comme on en voit si souvent dans les films d'action et d'aventure, évite de justesse l'impact qui lui aurait été inévitablement fatal. Tandis que sa compagne, assise derrière lui, se cramponne sur son siège. Elle prend appui, se dresse sur ses pieds, enserre les épaules de son ami et s'agrippe à bras-le-corps contre lui. Elle se voyait illico presto rouler sur l'asphalte aux bas côtés de la route tout en essayant de retenir son casque intégral qui tournoyait et s'éloignait de plus en plus. Et, toute pâle, toute tremblante, les cheveux en désordre, elle hurle avec une agressivité violente :

— Chauffard ! Criminel ! Aie l'œil sur tes yeux !

Chapitre 4

Cette brusque invective a l'effet d'une douche froide et tire le conducteur de la Mustang Pony de sa torpeur, le ramène à la réalité et lui fait prendre conscience qu'il n'est pas le seul occupant de la voiture. Sur la banquette arrière, attaché dans son « baby chair » depuis assez longtemps déjà, indifférent aux secousses et insensible aux saccades, Christopher, qui célébrera bientôt son deuxième printemps, bouge, s'agite, cligne des yeux et se réveille... Chaudement emmitouflé dans un vêtement qui n'est vraiment pas seyant pour ce temps ensoleillé, mais avec la climatisation intérieure et l'air conditionné de la somptueuse voiture, il n'y a rien à dire, le bébé paraissait s'en accommoder à merveille. Son biberon est resté coincé alors que ses joues toutes jouflues, toutes rosées, sont encrassées de bave et on peut apercevoir une légère croûte rougeâtre aux commissures des lèvres. Ses yeux rougis de sommeil découvrent des prunelles brillantes, encore floues et sensibles à l'éclat vif de l'ardeur du soleil. La respiration à peine régulière et la gorge rauque, irritée par un petit accès de toux passagère, il s'étire, languit, babille, prononce d'une voix frêle, faible et un peu enrouée :

— Paapa ! Paapa ! émit-il tout en jouant avec sa bave.

Après s'être réveillé sans trop comprendre où il se trouvait, Christopher (Chris, pour les intimes) se remue dans son siège. Il cherche son biberon vide, rougi du Ribena dont le jus est préparé à base de cassis. On le boit additionné d'eau et est d'une saveur très agréable au palais. C'est une boisson non gazéifiée, forte en vitamines diverses et très appréciée à tout âge. En plus, elle émane un doux parfum de miel. Le bébé se débat pour se dégager de son harnais, brandit son biberon et tend les bras vers son père, à l'aspect d'un Bachi-Bouzouk ! Obstiné, tendu, il veut à tout prix s'arracher de sa place, tout en gazouillant une suite de mots incohérents, inaudibles qui pianotent avec des bulles de salive à la bouche. Sachant pertinemment que l'exigence du petit n'a pas de limite, son père ralentit la voiture au moment même où le clignoteur rouge demeure au beau fixe avec un bip-bip prolongé.

L'ordinateur de bord n'entre plus en action car il avait depuis un bon moment déjà lancé son ultime avertissement avec sa voix sonore à l'accent impersonnel. C'est le signal fatidique de l'épuisement de la dernière goutte de carburant dans le conduit d'injection. La station-service de Lataniers se trouve à quelques centaines de mètres… Heureusement pour lui que cette partie de la route est en pente douce. Il se reprend et presse son doigt sur le bouton d'avertisseur de détresse. Tout de suite, ses clignoteurs avant et arrière se mettent à s'allumer et à s'éteindre en alternance. Il dirige la voiture au point mort auprès de la pompe d'essence la plus proche. Il coupe le contact d'un air ébahi, tendu… mais soulagé ! Il pousse son siège en arrière, se retourne, bascule le dossier pour être plus près de son fils. À la renverse, il le détache. À peine dégagé que, d'un bond, Christopher s'élance, s'abat sur lui en le piétinant sans aucune gêne. Il en a le souffle coupé…

— Paapa ! Paapa !

La station-service de Lataniers a ouvert ses portes il y a à peine quelques années et elle se trouve parmi les plus modernes avec toutes sortes d'aménités pour le bon plaisir de la nouvelle clientèle. Elle fonctionne sept jours sur sept et offre toute une gamme de service pour parer aux plus exigeants des consommateurs. Il y va d'un magasin surchargé de gadgets, d'une boutique de consommation courante au « fast-food », autres take-away à des boissons non-alcoolisées. On y trouve tout un éventail de pièces de rechange pour voiture ainsi que des batteries et des roues. Il y a également un service de vulcanisation, de démontage et remontage des roues. L'appareil pour le balancement des pneus est d'une haute perfection avec émission vocale pour l'ajustement des poids et le bon équilibrage de la jante. Il y a un grand appareil informatisé pour l'alignement et le parallélisme. Le service de vidange est considéré comme indispensable et cela se fait au moyen d'un appareil de pompage pour aspirer l'huile du fond de débit. Outre le « Servicing » régulier, la station-service assume d'autres réparations mécaniques légères pour le bon fonctionnement et le bon maintien de tout genre des voitures. L'automobiliste est rassuré et assuré d'avoir un service de qualité/prix pour le moindre petit bobo de son véhicule.

Que dire de son Service Hygiénique des Voitures ? Tout simplement unique... Incroyable, mais vrai ! Quand une voiture atterrit à la station-service pour une vérification complète, une remise à jour, c'est tout un travail de fourmis qui requiert la participation de pas moins d'une dizaine des travailleurs. Lorsqu'arrive le moment pour le client de prendre livraison de son véhicule, il court le risque de ne plus le reconnaître, tellement la voiture aura retrouvé son homogénéité et sa souplesse. Elle brillera de tout son éclat ; la carrosserie se trouvera avec toute sa fraîcheur et sa brillance ; l'intérieur sera d'une propreté irréprochable avec son tableau de bord scintillant, lumineux et le moteur, décrotté de toute sa graisse, son suif, se verra dans un état du neuf. Et, ce qui est assez prévoyant dans cette station-service, il y a une pompe auto-gas pour les rares voitures qui fonctionnent au gaz combustible puisque revenant à moins cher que la consommation en essence traditionnelle. Autrement dit, la clientèle fréquentant cette station-service a tout à gagner et rien à perdre. Elle se sent comme chez elle avec certaines facilités de paiement pour des achats occasionnels qu'elle n'aurait pas ailleurs.

Avec sa grande superficie de terrain, son aire de parking pouvant contenir plus d'une cinquantaine de voitures, ses divers distributeurs de pompes à essence, capables de ravitailler une bonne quinzaine d'automobile à la fois, la station-service a le mérite d'être unique en son genre à employer à peu près vingt-cinq personnes pour offrir un service complet et pour parer aux exigences les plus pressantes des automobilistes. À peine les voitures franchissent le seuil que les regards des conducteurs sont frappés par les multiples couleurs vives des fresques murales à même la façade du grand mur à côté de l'entrée. C'est une tape-à-l'œil qui sort de l'ordinaire. C'est un courant d'air vivifiant, fantastique ! La vue en est toute fascinée ! Il en est de même vers la sortie. À l'opposé, apposée sur un mur identique, on constate la même couche de peinture, la même préoccupation de bien faire. Avec le même goût et toujours dans les mêmes soucis de prôner l'apologie du sport dans le pays.

On a comme un sentiment de bizarrerie lorsqu'on a fini de faire le plein, de partir, de quitter la station-service pour toujours. On ne pouvait s'empêcher d'être envahi par une certaine nostalgie. On ressent comme une amertume lorsqu'on s'attarde devant tout ce beau tableau, symbole de toutes les prestations sportives. Être en contact visuel avec toutes ces merveilles de la peinture, on a comme une sensation de découvrir, de connaître la grandeur de l'artiste et de ses indéniables inspirations. Au centre du tableau mural, on note l'expression « Fair-Play » sur une balle de rugby qui, vu d'un angle différent, ce même objet devient un ballon de foot. Alors que d'autres couches de peinture nous rappellent les différentes variétés au niveau de la discipline sportive : le football, la natation, l'équitation, le saut en hauteur, le cyclisme, l'athlétisme, le volley-ball, le basket-ball, le badminton, le tennis… la sensibilité de l'artiste est allé plus loin pour faire découvrir des épreuves sur chaises roulantes et autres mérites sportifs à l'intention des autrement capables.

Il y a également une coupe, admirablement posée sur son socle dont l'évasement scintille sous les rayons du soleil. Tout juste à côté du tableau d'affichage et de l'horloge électronique, elle est ficelée de son ruban rouge, prête à être remise au vainqueur. Et l'inoubliable piste cendrée est faite de telle sorte qu'elle contourne en grande circonférence l'ensemble de description murale aux couleurs variées avec, pour toile de fond, un terrain de football en relief, érigé sur un immense tapis synthétisé d'herbe verte.

En d'autres mots, tout cela, toutes ces belles gravures évoquent la jeunesse, la complicité sportive, l'énergie débordante et les diverses prouesses inépuisables menant l'athlète au triomphe. Elles pérennisent l'esprit du sport dans la tête de tout un chacun et garantissent une santé à toute épreuve. Cela représente aussi un camouflet à tous ceux qui œuvrent en coulisse pour déstabiliser l'art du sport dans le pays. Il va sans dire que l'État dépense gros pour l'émancipation, l'encouragement des jeunes aux sports de masse. Or, ce qui est regrettable, l'énorme budget alloué n'est jamais servi à bon escient. Il est accaparé par un groupe de protégés et autres petits copains. Autrement, comment explique-t-on cette dégradation, chez nous, du sport roi qu'est le football ? Il n'existe nul endroit au monde où ce sport est interdit au public. Que penser de cette récente confrontation en éliminatoire de la Coupe d'Afrique des Clubs Champions qui se disputait à guichet fermé ? Heureusement que la honte ne tue pas !

Ce qui fait dire que ce pays est encore arriéré, par les journalistes venus couvrir ces disputes footballistiques. Sans entrer dans les détails quant aux autres disciplines qui, assez souvent, donnent lieu à de l'antagonisme et d'autres conflits d'intérêt majeur requérant dans bien des cas des interventions judiciaire. Il est à souhaiter qu'avec l'organisation prochaine des sixièmes Jeux des Iles de l'Océan Indien (JIOI), ce serait le signe précurseur d'un revirement de mentalité dans un sens unificateur national. D'ailleurs, lorsqu'on croise un peu partout cette rangée des colonnades érigées aux différents points névralgiques et au bout desquelles flottent une floppée de drapeaux, représentant les quelques pays voisins participant à la compétition des jeux, il est fort à espérer que ce sera également un excellent exemple d'un mieux vivre qu'on allait offrir à la région avoisinante et au monde entier.

Déjà, ceux qui se trouvent derrière le Comité Organisateur des Jeux des Iles de l'Océan Indien, ont de quoi se frotter les mains et de pousser un ouf de soulagement devant l'enthousiasme soulevé par la liesse populaire pour accueillir la flamme symbolique des JIOI qui sera en déplacement à travers l'Ile. Il y a une telle fièvre qui gagne le pays partout avec l'approche imminente de cet événement ! C'est un élan patriotique inespéré. C'est un soulèvement massif, une explosion de joie ! C'est du jamais vu. C'est l'apothéose, tout simplement.

Il y a une chose encore qu'on ne trouve pas dans les autres stations d'essence : une librairie ! Ici, dans cette librairie, on y trouve toute une gamme d'ouvrages sur les voitures et autres sujets traitant exclusivement des produits pétroliers dont l'inséparable lubrifiant. Sur les rayons, on y découvre une série d'encyclopédies qui retracent toutes les étapes des automobiles. Ainsi, on est stupéfié de prendre connaissance qu'au tout début de l'ère d'automobile, ces engins se servaient pour combustion, successivement de bois, de charbon de terre, d'alcool obtenu de la formule C^2H^5OH avant d'arriver définitivement à faire usage de l'essence. Ce précieux liquide est devenu l'or noir du monde industriel. Au point où nous en sommes, il est l'objet de principaux litiges et des batailles rangées. Il est le sujet de destruction et de déchirement entre pays voisins. Il est l'objet litigieux de mécontentement et des grèves partout dans le monde. Les routiers européens ne s'en embarrassent guère de bloquer tous les systèmes de transport pour obliger, contraindre à faire chuter le prix... alors que l'organisation de l'O.P.E.P. s'en frottent les mains !

Qu'en sera-t-il et qu'est-ce qui en découlera si toutefois la découverte d'une nouvelle formule de combustion, par un de nos compatriotes, s'avère réalisable ? Tout récemment, on parle de son invention qui consiste à faire entrer dans le système d'allumage une combinaison à base d'eau et de pétrole lampant. Il reste à prouver la fiabilité de cet état de choses. Apparemment, le premier test s'est révélé concluant. Si la conclusion s'avère définitive, il faudra compter des années encore ! Il est certain qu'une révolution énergétique serait déjà en cours et se répercuterait à l'échelle universelle...

Par ailleurs, on n'hésite point à plonger tout un peuple dans un bain de sang, une guerre meurtrière à destruction massive sans issue rien que pour défendre une parcelle du territoire dont le sol est soupçonné de renfermer une abondance de ce mélange d'hydrocarbures volatiles provenant du pétrole brut. Bloquez ces produits et le monde serait atrophié, paralysé, immobile !

Chapitre 5

Le garçon de service se fait voir, arborant fièrement son ensemble de kaki gros-bleu avec une large bande jaune foncé en bandoulière et chaussé de bottes en caoutchouc. L'habit est très propre, impeccable, bien soigné avec de grandes poches en haut et en bas . Il s'avance avec un sourire mielleux du bout des lèvres, tout en jouant avec une plume entre ses doigts. Tout poliment, il s'enquit :

— Bonjour, Monsieur ! Léonardo pour vous servir, est-ce qu'on fait le plein, s'il vous plaît ?

C'est le leitmotiv qui se répète auprès de chaque client tout au long de la journée. Ajoutant à ce leitmotiv, d'autres expressions non moins semblables qui se suivent, à part la déclinaison du nom propre : « Aimeriez-vous vérifier la pression des pneus ? La roue de secours ? Est-ce qu'on vérifie aussi l'huile du moteur ? L'eau ? La batterie ? » Ça, c'est l'accueil idéal que tout automobiliste aimerait recevoir lorsqu'il se rend dans une station-service pour faire le plein d'essence.

— Si ! Si ! Léonardo, le plein, s'il vous plaît, répond le conducteur d'un air lointain, absent.

Tandis que Léonardo, le pompiste, faisait le plein de carburant en prenant bien soin de ne pas laisser remonter l'essence au goulot ou d'érafler le flanc de la voiture avec le tuyau de ravitaillement, un de ses collègues, Toto, en aussi bonne tenue que lui, avec cependant un visage plus enjoué, s'amène avec un torchon à la main. D'un geste devenu machinal maintenant, à tellement répéter le même mouvement tout au long de la journée, une main derrière le dos, il se penche le buste un peu en avant et se met à nettoyer le pare-brise... quand il constate que sa peau de chamoise résiste sur la surface.

Après un examen sommaire de la matière qui empêchait son torchon de frictionner, il s'en va chercher une solution dissolvante. Il recommence son geste, l'air satisfait, cette fois-ci, contre le pare-brise avant et arrière de la Mustang qui ne tarde pas à briller. Satisfait de sa réussite, Toto sifflotait, tout à son aise, une chanson mélancolique de Kaya où il est question des enfants dénaturés, des enfants de la misère, des enfants dénués, bafoués, maltraités, abandonnés, complexés face à une société de consommation à l'excès et de sophistication qui s'en fiche pas mal de leur condition inhumaine.

Autre titre de ses chansons, « L'Amour » où l'amitié, la fraternité et le partage se conjuguent dans l'esprit d'entraide en coordination à la générosité humaine. Le chanteur évoquait le sens de l'intelligence. Il se rappelait quand il était enfant et que l'enseignant lui apprenait tout ce qui était à l'envers. Il parlait de sa vie qui était piégée parce qu'elle était précieuse. L'autre chanson ayant pour titre « Chemin de la lumière » dans laquelle le chanteur faisait allusion aux bienfaits du soleil dans la vie de tous les jours. C'est un grand chanteur au destin imprévisible, très pénible, marqué par la fatalité, malheureux en lui-même, bien mal foutu et qui a disparu de la scène du showbiz prématurément à une époque qui allait lui être prometteuse. Kaya était très apprécié et jouissait d'une grande popularité, tout particulièrement auprès des ethnies miséreuses des cités avec son nouveau style de musique rastafarienne, un mélange seggae / reggae dont la mort à l'improviste, survenue dans des circonstances mystérieuses, lui aurait abrégé l'existence. Alors qu'il était en garde à vue dans une cellule de haute sécurité pour une raison banale... bancale, serait l'expression la mieux appropriée. Une question de gandia, qualifiée pourtant dans le jargon populaire comme étant une drogue douce, que certaines fortes têtes politiques militaient pour sa dépénalisation, voire faire légaliser sa consommation. Douce ou forte, une drogue est une drogue, toutefois.

L'abus effréné de pas mal d'éléments, allant du breuvage alcoolique au tabac à fumer, à priser, à chiquer est une drogue qu'il faut à tout pris réprimander, interdire. Là, on ne tient pas en ligne de compte l'individu qui se fait piquer à l'intra-veineuse ou à l'intra-cutané et autre poudre à sniffer...

Dans de nombreux cas, il y a toujours abus dans la consommation de drogue. Et c'est là le danger, faut-il préciser. Ceux qui en sont les esclaves deviennent tôt ou tard des dépravés. On dit ce qu'on veut bien y faire croire, néanmoins un drogué demeure toujours une menace... une menace, en tout premier lieu, pour lui-même, pour sa famille et pour la société. La drogue, sous quelque forme, a un effet soporifique et enivrant. Elle titille l'imagination, berne l'être avec des rêveries qui lui donnent accès à un monde féerique dont l'euphorie ne dure que le temps de la stimulation. Elle déforme la réalité. Elle fait croire à l'endroit ce qui est à l'envers. Elle a le défaut de l'oubli, de la négligence et de l'abandon. Elle abdique tout sens de responsabilité. Elle nie le réel et se fiche pas mal du contact social. Quiconque s'adonne à la drogue en demeurera dépendant, bien souvent le restant de sa vie !

Aux petites heures du matin, dans la fraîcheur d'un jour dominical où l'aube émettait à peine ses premières lueurs, on découvrit Kaya inerte, froid, replié sur lui-même dans un état délabré, habillé en haillons, les mains s'accrochant, s'agrippant autour des barreaux des portes de la prison. Il se trouvait dans une posture de prostration et d'atroce supplice, sans rien, ni personne à ses côtés pour le soutenir, lui apporter un semblant de réconfort. Il était mort... a rendu l'âme sans qu'il eût l'absolution d'une goutte d'eau bénite dans l'éternel mystère de ce silence pénitentiaire. On pointe du doigt la police connue pour son excès de zèle et un laisser-aller évident qui sape la confiance de la population envers ce corps de sécurité sensé faire respecter l'ordre, la loi afin que règne la paix au sein de la société civile, l'harmonie entre les citoyens, l'entente entre les hommes. On connaît tous les bouleversements et autres émeutes auxquels le pays a dû faire face dans le sillage de sa disparition. On dit que le décès de Kaya a été le détonateur d'une explosion qui couvait depuis trop longtemps. On dit même que sa mort a causé beaucoup plus de dégâts que le passage d'un cyclone. Avec toutes ses chansons engagées au rythme mélancolique, il inspirait l'espoir et redonnait une nouvelle vision de l'existence aux gens de sa race. On dit également qu'il n'y avait point d'autres solutions pour amener certains princes du jour à prendre conscience d'une certaine réalité qui courait le risque d'être reléguée, immergée aux oubliettes de l'histoire, voire certaine injustice, certaine misère à l'infrahumaine. Sa vie n'a pas été sacrifié pour rien. Elle a permis entre autres de briser, rompre l'omerta d'une condition humaine, proche de la bête, abjecte, indécente, sclérosée où l'insalubrité, le désordre, l'indifférence et les laissés-pour-compte font un ménage d'enfer !

Les néologistes trouveront certainement d'autre qualification pour étiqueter ce genre de souffrance, de dépouillement qu'on croyait déjà révolue, qu'on croyait qu'avec l'immense progrès de la civilisation moderne, un tel état des choses n'existerait plus, ne pouvait encore exister. C'était méconnaître l'égocentrisme, l'insatiable ambition démesurée des hommes. Si au moins, tant de déploiement, tant d'effort, tant d'énergie gaspillée pour ériger des fortunes colossales pouvait garantir l'immortalité aux nantis de ce monde.

Pendant que le plein d'essence se faisait, entre le père et l'enfant, c'est le soupir, l'éclatement de joie, les baisers, les grosses bises à n'en pas finir. Le bébé s'agrippe à son père, lui tire les cheveux, lui entoure le cou, lui caresse la joue. Il repart d'un bref éclat de rire cristallin et se blottit contre la nuque chaude de son père.

— C'est fait, Monsieur. Il paraît que votre réservoir était presque vide, déclare le pompiste, l'air toujours courtois.

— En effet, Léonardo, je suis arrivé complètement à sec. Il n'y avait aucune goutte dans le réservoir. C'était un peu mon jour de chance... Bon, je vous dois combien ?

— Treize point cinq gallons... Ça fait exactement onze cent cinquante roupies, Monsieur.

Monsieur retire son portefeuille de la poche intérieure de son veston et en prélève deux gros billets de 1000 roupies frappés de l'effigie d'un leader politique légendaire, nouvellement mis en circulation, non pas nécessairement pour rendre hommage au tribun, mais plus précisément par gain électoral.

Qu'est-ce que nous n'avons pas dit et écrit sur cet homme de son vivant ? Certes, on lui doit beaucoup, tout particulièrement dans les domaines de l'hôtellerie, du tourisme et de l'industrie textile. À vrai dire, on lui doit beaucoup également dans d'autres sphères d'investissements. Néanmoins, il fut victime de ses frasques et de certaines dérives. Autant drôle que cela puisse paraître, c'était un homme audacieux, capable avec un grand courage et d'une audace stupéfiante !

Après de longues années d'études à l'étranger, il rentre au bercail. Il était encore jeune, à peine vingt-cinq ans. Or, déjà son emprise auprès de la masse populaire lui valait un charisme extraordinaire et un culte idolâtrique unique ! Il se faisait toujours accompagner par une bande de suiveurs qui prenaient à leur compte le plaisir de lui porter en triomphe partout et dans chacun de ses déplacements. Autant incroyable que cela puisse paraître, pour avoir une entrevue quelconque avec lui, il fallait passer en revue toute une suite de ses fidèles lieutenants. C'était eux qui décidaient de l'entretien et s'il aurait lieu ou non.

Il s'engage dans la politique active et se fait élire député lors de la joute électorale. Il devient le plus jeune élu de la circonscription. Toute de suite, il mène campagne en faveur d'une association avec la Grande Bretagne et contre l'indépendance du pays. Impulsif à extrême, il n'hésita pas de brandir toutes sortes d'épouvantail pour faire accroire que l'entité franco-créole de l'île serait piétinée, bafouée dans son privilège, amoindrie dans son droit...

Avocat de profession, il n'y avait point son pareil en termes de plaidoirie au criminel. Pour beaucoup de ses admirateurs, il n'a quitté ce monde que pour faire semblant de mourir. Son cortège funèbre a été suivi à pied, de la capitale à sa ville natale, sur un parcours de plus d'une trentaine des kilomètres, sous un soleil de plomb, par des dizaines de milliers de fans, de tout âge et de toute communauté. En tout cas, qu'on le veuille ou non, on ne fait jamais semblant de mourir. On meurt tout simplement et c'est le sort le plus naturel de chaque être humain : on naît, on vit, on meurt et c'est l'aboutissement dans l'ordre des choses de la nature. Pas plus, ni moins.

On croit savoir qu'autant il aimait la vie fastueuse, autant il connut une mort glorieuse. Sa dépouille fut rangée dans la lignée de grands tribuns qui ont marqué l'histoire du pays. Tous les ans, on commémore l'anniversaire de son trépas au niveau national. À sa façon avec son intelligence hors du commun, son brillant esprit et sa détermination sans faille, il a été un architecte chevronné dans la construction du patrimoine. L'histoire sera toujours là pour faire rappeler son immense contribution dans le développement et le progrès de la nation. Quoi qu'il en soit, dans ce pays, tout se fait en fonction première de l'intérêt des politiques. Et ce peuple admirable ne sait qu'applaudir à toutes les frasques de ses dirigeants sans pouvoir émettre aucune idée de protestation. Du béni oui-oui et de la courbette... Le gouvernement se succède et se ressemble...

Peut-être que le vrai salut viendra dans l'émergence d'une conscience civile, d'une force citoyenne. C'est l'unique puissance capable de contrer l'intrusion de certains politiques trop zélés et les remettre à leur place. Il y a trop d'abus dans le privilège de l'état où l'excès est une denrée courante. Il est inconcevable de faire élire quelqu'un, qui devient selon la force de son appartenance communale : député, ministre, speaker, leader de l'opposition au sein de notre auguste parlement. Et, au cas où ce candidat élu au suffrage universel ne joue pas son rôle comme l'espéraient ses mandants, nul ni personne ne peut rien pour l'obliger à démissionner. Seule l'union d'une force citoyenne et civile serait capable de faire partir l'imposteur soucieux, tout simplement, de remplir son gousset. Beaucoup se font élire en bernant le peuple autour de grands idéaux et une fois installés au strapontin du pouvoir, ils se voient transformés en homme d'affaires et jouissent impunément de tous les avantages.

L'ébauche de tous les travaux infrastructurels est prise en considération avec, à l'esprit non pas l'intérêt national ? Mais plus surtout à la commission à percevoir pour remplir ses poches. Il n'y a qu'à voir les divers signes de richesse autour de ceux qui nous gouvernent. C'est choquant, infect ! Avant d'être élus, la plupart d'entre eux roulaient dans des vieilles voitures bringuebalantes, roulant avec des roues d'occasion. Des roues usagées, achetées à bon marché et avec facilité de paiement. Et la réparation de la voiture se faisait au petit bonheur : à coup de colmatage ; à coup de bâclage. Une fois élu, c'est le revirement affolant de la situation, frôlant les 360 degrés ! Maintenant, Monsieur le conseiller, député, ministre roule dans des limousines flambant neuves. S'il arrive, et c'est souvent le cas, qu'une de ces voitures s'abîme dans un accident, elle n'est plus fiable à rouler pour transporter nos petits princes du moment. Il faudra, à nouveau, une autre limousine vierge pour le confort et la sécurité de ces messieurs. Fallait y penser, le passé, c'est le passé… C'est l'oubli.

Dans leurs rêves, la nuit, ils se voyaient tout le temps possédant de grosses voitures, les unes plus belles que les autres. Le temps de la disette, cela n'a jamais existé pour eux. On se trompait. Les mandants se trompaient sur leurs représentants… Il n'y a que cette puissante force patriotique émanant du pouvoir sacré de la masse qui pourra venir à bout de certains imposteurs aux visées capitalistes, dictatoriales. Ce serait alors le véritable triomphe de la démocratie avec sur la ligne de front un vrai gouvernement du peuple, par le peuple, pour le peuple !

Peut-être qu'à l'apparition de ce nouveau millénaire, ce qui était hier dans les domaines de l'utopie se verra transmuer en véritable miracle du siècle où l'expression transparence, tant vantée par les honorables hommes politiques, ne serait point une vaine publicité grossière, mensongère, et de surcroît, gratuite...

— Tenez et gardez la monnaie, Léonardo ! dit le conducteur de la Mustang avec un ton le plus naturel du monde.

Avant de s'en aller, le conducteur a pris du temps avant de démarrer son moteur. Il lui a fallu quelques bons coups de « starter » pour faire monter le carburant dans les divers circuits d'injection. L'allumage réussi, il déplace sa voiture et la gare au parking. Il en sort avec son bébé et se dirige vers le « Select Shop » de la station-service. Il achète de tout et n'importe quoi : chopine de lait, boisson, biscuit, chips, chocolat, cigarette... Une fois les emplettes finies, quelques minutes après, il passe à la caisse. Il en ressort avec son sac de victuailles à la main et de l'autre tenant toujours son fils serré contre lui. De temps en temps, il lui chatouillait les points sensibles pour s'amuser tout en gardant une expression latente, indicible... En suspense, c'est mieux dire. Alors qu'il s'apprêtait à s'engouffrer dans la voiture, il se sent tiré timidement par la manche de sa veste :

— Monsieur, votre argent... émet le garçon avec timidité en effeuillant les divers billets en éventail, comme on tient le jeu des cartes dans une seule main.

— Allons, voyons Léonardo, c'est pour vous... Ne faites pas cette tête ! clame-t-il en lui tendant également un gros paquet de chips dans la main, tout en lui caressant les cheveux drus, coupés à ras avec une affection fraternelle.

Le garçon de service ne s'était pas trompé. Il avait bien capté l'expression de l'automobiliste lorsqu'il lui remettait les deux coupures de 1000 roupies tout à l'heure, « gardez la monnaie », seulement, il n'osait en croire ses oreilles. Du jamais vu ! Émerveillé, confus et joyeux, Léonardo empoche l'argent tout en ne saisissant aucunement l'excès d'extravagance de ce geste. Quelle générosité ! Il retire sa calculatrice et refait les décomptes. Cela fait bien plus de huit cent roupies que l'homme lui a laissé comme pourboire. C'est plus que son salaire de la semaine.

Quand on entend nos hommes publics haranguer la foule en parlant de l'égalité de salaire dans tous les domaines de la hiérarchie sociale, pour ceux qui sont habitués à ce genre des discours, ils savent évidemment que c'est du leurre. On parle de l'égalité de chance, on parle de la même chance pour tous, alors que ceux au bas de l'échelle se trouve, à chaque fin de mois, avec une fourchette salariale ne dépassant pas Rs. 3000/= à Rs. 5,000/=; tandis que ceux se trouvant en haut de l'échelon touchent des bagatelles variant entre Rs. 25,000/=, Rs. 40,000/=, Rs. 50,000/= à monter... C'est exprimer n'importe quoi, alors que le P.R.B. est en gestation derrière la porte.

Avant d'avoir décroché ce poste de pompiste, Léonardo se souvient encore de ces mois passés au chômage. Et, lorsqu'il a accepté ce travail, il a dû faire un stage de quinze jours sans paie. Il recevait seulement une allocation pour le transport. Et maintenant... C'est à ne rien comprendre, rien comprendre du tout ! Il agit comme pompiste depuis l'ouverture de la station-service. Ce qui fait à peu près, un bon bout de temps déjà, compte tenu les quelques semaines d'entraînement pour se familiariser avec ces équipements modernes de haute technologie. Il était sur le point de partir, chercher ailleurs un autre travail pour gagner mieux sa vie... mais avec un pourboire pareil. Il se dit : « non et non ! Ne serait-ce que de temps en temps, si on touche une si coquette pactole comme pourboire, cela vaut la peine de rester ! »

A-t-il le moyen facultatif de croire que cela ne se renouvellera peut-être plus jamais ? Impossible pour lui d'arriver à la conclusion qu'il est de geste qui soit unique dans la vie !

Chapitre 6

La voiture démarre en douce, puis ralentit pour franchir l'obstacle « Speed-Breaker » laissant le garçon pantois et reprend sa route. Quelques centaines de mètres plus loin, elle s'arrête encore devant le feu de signalisation qui passe au rouge à son approche. La route est pourtant libre de toute circulation. En bon automobiliste et, en raison d'un certain principe, il attend le vert pour reprendre la course. Elle file plus ou moins lentement en direction de Souillac, Gris-Gris... L'enfant, toujours serré contre son père, babille de temps en temps « Paapa ! Paaapa ! Gââté ! Gââté ». Et voilà qu'il se met à chanter :

— Bouuba ! Bouuba ! La... La... La... La...

Dans un élan d'une profonde tendresse, le papa lâche le volant et attire son chérubin contre lui. Il le couvre de baisers à n'en pas finir.

— Mon petit ! Mon cher petit... Mon trésor... Mon ange ! Ma vie !

Ma vie, c'est tout dit. C'est tout vu. C'est tout su. C'est tout exprimé sur l'importance vitale, sur l'influence suprême du bébé vis-à-vis de son père. Christopher est encore tout petit. Déjà, à sa naissance certaines complications avaient surgi et exigeaient de grands moyens pour l'extraire de l'utérus. On chuchote qu'au dernier moment, on a dû recourir à la césarienne pour sa venue au monde. On était obligé de le laisser en observation pendant toute une semaine dans l'incubateur. C'était surtout pour l'épargner et le mettre à l'abri d'un virus encore anonyme, atypique, qui terrassait les nouveau-nés, en quelques heures après leur venue au monde. On avait su quelques temps après que cette bactérie était une émanation spontanée venant d'une fissure, cachée derrière une cloison de tenture bariolée, dans le mur, qui laissait suinter des matières putrides. Il paraît qu'auparavant une de-mi-douzaine de bébés avaient déjà succombé au contact du virus avant de décider, ceux concernés, à tirer la sonnette d'alarme. De toute façon, dans le cas du bébé Christopher, on ne peut pas dire que cette antécédence natale ne lui a pas été propice.

Christopher n'a pas encore deux ans. Pourtant, à le voir, à le re-garder avec cette ardeur, cette vitalité qui l'anime et cette robus-tesse proportionnelle à sa corpulence d'enfant, on lui donnerait bien plus que son âge...Trois ans ou davantage, à coup sûr ! Sa langue ne tourne pas assez afin de pouvoir articuler ses mots, mais à l'entendre prononcer certaine parole, certaine syllabe, on demeure bouche-bée. On n'oserait pas en croire ses oreilles. Débordant d'énergie, il court sans cesse, grimpe, saute, sautille, trébuche, tombe, roule par terre, rampe, se traîne, se relève et à bout de souffle, l'air grave, tremblant, tout frêle, groggy, il s'emmène, se blottit contre vous tout agité, tout essoufflé... Il vous murmure :

— Mal... Mal ! en vous montrant son genou écorché ou en vous désignant quelques égratignures ailleurs, sans pour autant avoir des séquelles graves.

Étrange Christopher, il se laisse toutefois rarement affecter par les maux physiques. Dès qu'on le rassure sur l'état de son mal en y déposant un doux baiser et en lui prodiguant une lé-gère caresse, il oublie sa souffrance. Sa petite douleur devient une chose normale. Il se remet à rire, à dandiner et à courir tout autour. Il est une de ces créatures précoces à disponibilité multiple qui savent plaire, soulèvent l'admiration, éveillent la tendresse, suscitent la curiosité, provoquent des remarques dé-licieuses, émerveillent ceux qui les approchent, les entourent et dont le moindre des mouvements ne passent jamais sans soule-ver le sentiment de plaisir, de joie enivrante. Pas plus haut que trois pommes avec son corps potelé, bien posé sur des jambes musclées, il possède une physionomie si vive, si alerte où il n'est point besoin d'être expert en pédiatrie pour savoir qu'il n'y a là que des signes de bonne santé.

Photogénique dès le berceau, on pouvait le suivre, pas à pas, en image à partir de la naissance. Ses photos s'étalaient sur plusieurs albums qui renferment des poses sous tous les angles et dans toutes ses formes. Les unes si naturelles, si rares, si mignonnes qu'elles donnent envie de les voir exposées à la vue du public dans une galerie de photographie. Même les professionnels du métier y verraient certainement là, l'œuvre d'un grand photographe derrière la caméra, ayant réussi toutes ces poses. Il y va des photos le montrant dans son bain, ou encore d'autres le font voir nu, debout dans la baignoire, une main derrière le dos et, tenant son zizi avec l'autre, il fait carrément pipi dans l'eau de bain en s'esclaffant. Des cheveux ondoyants, satinés, pleins d'élasticité lui chatouillent la nuque, lui ornent le visage. Un visage mignon, adorable aux joues tendres, délicates, rehaussé des yeux brillants, pétillants aux prunelles d'un noir tiré plutôt sur un fond de bleu foncé avec des paupières minuscules éventées de cils d'une finesse veloutée. Un front large, lisse, très beau à voir et sans nulle ride lui donne une allure expressive, majestueuse. Son nez est légèrement courbé, évasé avec un rien de palpitant aux narines. Une fine bouche, encore à l'état des gencives qui laisse à peine entrevoir des incisives qui s'émergeaient, et qui s'entrouvrent sur de petites lèvres suaves à la couleur d'un rouge vermeil. Le menton tout rondelet est d'une tournure plus que séduisante. Le trait du minois est si bien dessiné qu'il éveille l'harmonie, fait revivre le charme de l'enfant. C'est un bout de bébé exaltant. Qu'il est gentil ce poupon et excitant à croquer !

Il existe aussi une autre version de l'image du bébé Christopher. Au revers. Là, il n'est pas du tout le portrait de ce qu'on faisait de lui. Là, bébé est l'autre doublure de lui-même et qui n'est vraiment pas réjouissante. Là, bébé est tout capricieux, turbulent, un peu récalcitrant aussi, devrait-on dire. Tout petit qu'il est, il sait s'imposer. Son exigence est parfois poussée à l'extrême. Son papa racontait à qui voulait entendre que dans la nuit, c'est lui qui se réveillait, à peine entendait-il le grognement de l'enfant. La plupart des fois, c'est pour étancher sa soif. Il arrivait aussi qu'il fallait parfois changer sa couche Pampers, mais le plus souvent, c'était pour un biberon de lait. Alors que le père s'effaçait, se dirigeait vers les toilettes d'abord pour se soulager la vessie et au retour, il se rendait à la cuisine pour préparer et chauffer le breuvage. Lorsqu'il se présentait devant Christopher pour lui remettre son biberon, quelle n'était sa surprise de l'entendre pleurer à chaudes larmes et de le voir refuser son biberon. Il repoussait, avec force protestation et des pleurs à chaudes larmes, la main lui tendant le biberon. Il fallait au papa de puiser au fond de son imagination pour trouver des prétextes, inventer une histoire féerique pour détourner son attention avant qu'il n'accepte de boire son lait et de se rendormir. Bien plus tard, il apprit et compris que ce comportement se manifeste parce qu'il allait aux toilettes avant de se rendre à la cuisine pour préparer à boire. À cet âge, il sait écouter, épier les démarches et déchiffrer le bruit du silence. Désormais, le père devait partir à pas de loup, à pas feutré, quand il s'agissait d'aller aux toilettes avant d'étancher la soif du bébé.

Autant, il éclate de gaieté, autant il vous rabat le tympan avec ses cris et ses hurlements quand ça n'allait pas pour lui. S'il arrive que vous vouliez l'embêter avec quelques sucreries et que cela lui déplaisait, sans crier gare, Christopher vous les jette au visage. Avec cela, joignant le geste à la parole, tout en hurlant sa désapprobation, il vous lance des gifles à toute volée ! Et, faut-il l'admettre, avec ses menottes potelées, ça fait mal. Par-delà ces caprices et par-delà ces revers, le bambino n'en personnifie pas moins l'existence, la joie de vivre...

Chapitre 7

« Trois Boutiques » est déjà loin derrière, alors que le conducteur continue son chemin avec la nonchalance de quelqu'un qui est saturé et qui n'a plus envie de rien dans la vie. On aurait dit qu'il connaît aussi bien l'endroit que les autres villages du pays. Celui-ci a un drôle de nom pour désigner l'appellation d'un endroit. C'est bien plus une localité qui, dans le temps passé était la seule où il y avait trois boutiques pour ravitailler en consommation courante tous les habitants de la région. Avec la complicité de l'histoire rurale, la désignation de ce lieu, Trois Boutiques, est devenue une légende.

L'une d'elles se trouvait au commencement du village, l'autre était située presque au milieu tandis que la dernière boutique s'était plantée tout au bout, à côté d'un énorme banian séculier au pied duquel, chaque après-midi, de nombreux villageois se réunissaient pour échanger les nouvelles ou les popotes du jour. Il n'était pas si bizarre de voir quelqu'un s'entasser, se pelotonner, s'endormir entre le creux des racines sécurisantes de cet arbre plus que centenaire dont ses nombreuses branches, côte à côte ou superposées, s'étendaient à la ronde en éventail. Il offrait ainsi un abri sûr pour la nuit au quidam avec sa bouteille de rhum à la main. Le lendemain, le réveil se faisait avec le chant du coq à l'aurore du jour, à peine le soleil clignait de lueur dans le ciel.

Les trois échoppes appartenaient à des commerçants chinois qui régnaient en seigneur et maître dans le commerce de l'alimentation domestique. Dans chaque village, chaque ville, il devait s'y trouver un commerçant chinois derrière le comptoir d'une boutique pour la plus grande utilité des consommateurs. Une boutique où l'on est sûr d'avoir les moindres petits besoins de la cuisine : riz, pains, grains-sec, sucre, huile, lait en poudre, thé, épices diverses, enfin tout une gamme d'essentielles nécessités pour mijoter des plats exquis. Enfin encore, tout ce qui est mangeaille, boustifaille et breuvage sont synonyme de boutique. Toutes ces boutiques qui s'éparpillaient à travers l'île formaient un réseau d'une utilité indispensable, vitale, surtout pendant la deuxième guerre mondiale pour faciliter l'implémentation du rationnement alimentaire conçu par le Bureau Colonial afin que toute la population ait accès à la nourriture de base. La liaison entre tous ces commerçants se réalisait grâce à la mise en place d'une Chambre de Commerce Chinoise qui eut le privilège de maintenir plusieurs avenues de contact avec la Chine.

Deuxième dans cette partie de l'Océan-Indien, après celle implantée à Singapour en 1906, la Chambre de Commerce Chinoise, bientôt centenaire, représentait autrefois ce à quoi les consulats chinois s'adonnaient après leur nomination au pays en 1945 : les paperasses, les passeports, les documents de voyage et d'enregistrements des immigrants, enfin, elle veillait au bien-être des affaires, ainsi qu'à la coordination de ses compatriotes en terre étrangère.

Les Chinois étaient des gens paisibles qui n'avaient pas besoin de grand chose si ce n'était que de se tapisser, s'accouder, s'éterniser derrière leur comptoir avec pour finalité la vente des produits alimentaires aux villageois qui venaient de partout, des camps sucriers et à des kilomètres des environs pour leur approvisionnement de la fin de semaine. Certains clients font l'achat de provisions pour tout un mois. Il en était ainsi pour les préposés de la boutique tout au long de la journée, dans l'attente, dans les soucis d'être toujours disponible pour accueillir et servir les clients du lever jusqu'au coucher du soleil. Toujours à l'affût pour plaire et servir. Même après la fermeture, certains retardataires frappaient l'arrière porte de la boutique. Tout de suite, on entendait de l'intérieur :

— Qui va là ? questionnait-on d'une voix complaisante.

— Ah-Sen ! C'est moi, Billy...

Que ce soit Billy, Pierre, Stephen ? Ils étaient toujours certains d'êtres reconnus et Ah-Sen ne manquerait jamais d'accourir pour les servir par la lucarne de l'arrière porte, découpée expressément pour ce genre de service tardif. Il concédait toutefois qu'il devait se mettre sur ses gardes lorsqu'il s'agissait des clients retardataires en quête de boissons alcoolisées. À la tombée de la nuit, c'était plus dangereux pour servir du vin, du rhum ou du whisky par la lucarne. C'est le moment où beaucoup se montrent réactifs, récalcitrants et toujours imbus de mauvaises intentions.

Peu nombreux alors et d'ailleurs, on ne verrait jamais un Chinois faire d'autres métiers. Les quelques moments de temps libre qu'il en a, il les passe à se promener dans la rue. Le sentiment de culture et de loisir lui était encore inconnu. Tout au plus, de temps en temps, on aurait la rare occasion de l'apercevoir s'asseoir discrètement dans une salle obscure de cinéma pour savourer un film où l'art martial serait en exergue dans le genre du karaté, kung-fu ou jiu-jitsu. Cette catégorie de cinéma plaisait aussi bien aux gens des autres communautés, autant jeunes que vieux. Ce sera tout. Point d'autre distraction. Sauf pour certains hardis qui osaient descendre vers Port-Louis pour se réunir autour d'une table de majong avec la bonne intention de se défouler librement ou se faire une petite fortune au jeu. Ce qui n'était pas toujours le cas. Le moyen de transport était rare et le coût du ticket d'autobus était élevé pour se permettre ce luxe.

À Port-Louis, il existait un genre de clubs d'accueil pour les enfants Chinois qui se réunissaient pour leur scolarisation. Parfois, ces enfants livrés à eux-mêmes, menaient leur vie dans un sens de non-sens, indiscipliné, désordonné. Une fois toutes les semaines, les parents leur rendaient visite. Cela devenait aussi un prétexte pour bon nombres de ces parents à s'adonner à toutes sortes d'orgies et d'ébauches… car, parmi ces Chinois, il y avait ceux qui étaient des nantis et dont l'argent coule à flots. À part cas d'exception, on aurait pu croire que les ressortissants venant de Chine étaient faits pour demeurer et s'enfermer dans leur boutique comme dans un sanctuaire. Ils savaient qu'ils n'auraient pas d'autre moyen pour gagner leur vie. Ils acceptaient cette condition avec une indifférence résignée qui ne faisait ni chaud ni froid à personne. La race jaune, au tout début, c'était vraiment une communauté à part qui indiffère tout le monde.

Les Chinois avaient par la suite, avec les années qui se suivaient, acquis une grande connaissance de psychologie et de sociologie de l'environnement, à force de persévérance. Ils avaient pu se faire un apprentissage approfondi de toutes les autres couches communautaires du pays. Comme c'était le pays de l'arc-en-ciel, il va sans dire qu'il y avait des groupes ethniques divers, tous, en quête d'une existence pacifique, enrichissante, prospère, équilibrée. Patients, avenants, courtois, discrets, parfois muets comme une carpe, les Chinois ne cherchaient qu'à y vivre tranquillement en faisant fructifier leur commerce. Cependant, tout cela n'était pas sans risques et périls.

À toutes les difficultés, toutes les contraintes qui se présentaient, leur seul moyen de se défendre était le sourire, toujours le sourire. Sourire énigmatique, sourire espiègle, sourire sardonique, sourire spirituel. Sourire exprimant la soumission, la compromission. Il y avait aussi le sourire sournois, narquois, ironique où l'on pouvait y déchiffrer une endurance forcée, en profondeur, capable de faire face à toutes les épreuves et surmonter toutes les épreuves. Et, où acculé dans la tanière de la boutique, à tout moment, cela pouvait également se traduire en une révolte. Révolte sourde, intérieure, acceptant et accusant tous les coups sans pouvoir se défendre, ni se confier, ni riposter. Sans pouvoir broncher, sans pouvoir confronter l'arrogance de l'antagoniste. Subir ! Subir ! S'adapter ou périr.

Le réseau de communication téléphonique n'était pas si répandue. C'était alors une denrée rare, réservée aux seuls privilégiés, aux nantis. Si toutefois, on avait une nouvelle urgente à envoyer, il fallait se rendre à la station de police la plus proche où avec un peu de chance et selon l'humeur de l'officier en charge, on aura accès à l'unique téléphone. Et encore, fallait-il qu'il soit en bon état de marche. De ce fait, isolés et sédentaires, souvent les Chinois subissaient certaines pressions, certains excès d'abus venant des gens aigris qui se donnaient des airs supérieurs. À toutes ces mesquineries insignifiantes et énervantes, ils n'osaient jamais bouger le petit doigt par crainte de représailles. De leur nature, ils sont débonnaires, paisibles, évocateurs profonds... les yeux toujours tournés vers l'inséparable statue du Grand Bouddha en posture de lotus avec son ventre en sailli et son éternel sourire aux lèvres.

Les Chinois boutiquiers devaient tout encaisser sans réagir. Ils s'étaient condamnés à cela, à l'isolement, à la soumission. D'ailleurs, leur auto-condamnation était en elle-même une anticipation de leur condition existentielle. Aucune réprobation, aucune réaction brutale n'était permise. Pouvoir se suffire, c'est déjà une victoire en soi.

Avant de couper tous les liens avec leur pays d'origine pour émigrer vers cette terre promise, ils avaient amplement calculé les risques entourant une pareille décision : l'adaptation ou la mort. L'échec était un mot qu'il fallait à tout prix fuir, bannir, ignorer la tonalité, méconnaître le sens exact.

À cette période de la vache maigre, la Chine se trouvait sous la domination despotique du régime Kuo Min Tang, fondé au début du 19ème siècle par le Dr. Sun Yat-Sen qui s'effaça quelque temps après, forcé, contraint vers l'exil. Au cours des années 25, le parti dirigé par Yuan Che-Kaï se scinda avec l'arrivée d'un jeune modéré en la personne de Tchang Kaï-Chek qui n'apporta rien de concret et imposa une dictature encore plus écrasante pour le peuple chinois. C'est dans cette tourmente de la politique que quelques centaines des Chinois prirent le risque d'émigrer vers notre île, connue déjà comme accueillante et pacifique.

Il est également connu dans notre histoire qu'il fut un temps au cours du XVIIIème siècle qu'il existait déjà des coolies chinois travaillant dans quelques plantations du pays. Avec un peu plus de précision, ce fut plutôt vers les années 1830 / 35 que les Chinois étaient aperçus dans l'île. Toutefois leur présence fut aussi courte que brève. Faute de pouvoir s'adapter, ils manifestaient leur colère et mirent le feu partout, brûlant ainsi de nombreux arpents de canne, causant un désastre dans la plantation. Les immigrés chinois furent aussitôt bannis, rapatriés. Alors, avec recul et avec plus de clairvoyance, tout bonnement, dans les guêpiers de l'adversité, le choix était un non-sens. Les Chinois, cette fois-ci, cherchaient refuge dans l'acceptation du silence. Silence, samalec et courbette étaient leur lot quotidien. Ils acceptaient volontiers de se plier et de se replier sur eux-mêmes. Ils se faisaient tout petit, se réduisaient à n'être que de petits commerçants en quête de leur pitance pour faire face à l'exigence de la vie. Ils évitaient ainsi la confrontation qui serait, à coup sûr, à leur désavantage puisqu'ils étaient condamnés à l'exil, n'ayant ni la force, ni le pouvoir de résister. Ils trouvaient qu'il valait mieux s'accommoder avec la condition infernale de cette situation. Ils arrivaient à se tirer d'affaire quand-même en acceptant malgré eux, toutes les humiliations, toutes les méchancetés et autres petites misères que les autres leur infligeaient. Dans leur résignation, on les prenait pour des niais, des froussards, des faibles, des couards. C'était tout simplement une logique qu'ils entendaient respecter coûte que coûte. On ne pouvait être roi dans le royaume des rois.

Mais, petit à petit, inébranlables, ne se décourageant jamais et avec une patience indéniable, ils avaient tout bravé. Ils avaient fait table rase de tout ce qui est du passé. Ils avaient même fait un pied de nez à l'histoire avec une stratégie minutieusement élaborée, planifiée dans les moindres détails et ne tenant compte que de ce qui était essentiel : l'avenir des enfants. À postériori, leur détermination, leur courage et leur hardiesse s'était avérée payante. Aujourd'hui beaucoup plus nombreux, une prolifération florissante, quoique minoritaire en tant qu'entité communautaire, toutefois leur brasée au courant du Catholicisme leur aura été plus que salutaire : une inspiration imprévue. Cela a décuplé leur force et ils s'en sont servi comme levier pour point d'appui qui leur a valu une postérité qui domine, si ce n'est le contrôle du développement et l'économie du pays. C'est le temps de veau gras.

On les rencontre dans toute la hiérarchie sociale et on les trouve à tous les échelons de la société. Ils sont évidemment dans tout ce qui se passe et dans tous les domaines du pays. Partout où ils évoluaient, ils sont partie prenante et partout les Chinois laissent l'empreinte de leur passage. Leur patronyme prenne une nouvelle tournure avec des prénoms à l'instar de Pierre, Sylvie, François, Brigitte...

Au niveau du gouvernement, on les voit députés, ministres, conseillers, consultants, diplomates ; dans les O.N.G. ils brassent avec des milliards dans diverses activités industrielles et textiles en créant des emplois par milliers. Ils s'occupent du social et se sentent très concernés par le respect du droit humain. Ils se disent toujours prêts à apporter leur quote part de contribution à toute idée d'émancipation humaine.

Il y en a un tout particulièrement qui brille dans le secteur du textile. C'est audacieux ce qu'il entreprenait pour la gestion et l'accroissement de la production textile. Il a une vision panoramique déconcertante et un optimisme à toute épreuve. Ses circuits manufacturiers régénèrent un chiffre d'affaires qui s'étendaient sur des dizaines de milliards de roupies avec une horde de personnel dépassant largement 5000 / 6000 ouvriers. Maintenant que le pays connaît un bond gigantesque dans son développement, il se trouve qu'il y a un manque effarant de la main-d'œuvre spécialisée pour travailler sur d'énormes machines fonctionnant à l'ordinateur. Alors, toujours avec son esprit prévoyant et avec la vivacité de son intelligence, l'industriel fait venir de Chine une bonne quantité de la main-d'œuvre qualifiée, hommes et femmes, pour parer à toute éventualité à ce genre de situation afin d'accroître la production. Il ne faut à aucun prix prendre le risque de freiner l'exportation de nos produits textiles vers l'Europe et ailleurs en Amérique.

Dans l'industrialisation, si on n'avance pas, on recule, selon l'expert et lui, il veut avancer, aller toujours de l'avant. Comme lui, il y a tant d'autres industriels qui font venir de Chine une main-d'œuvre à l'avant-garde dans le domaine du textile. Ces jeunes hommes et jeunes femmes sont surtout connus pour leur habileté, leur rapidité et leur dextérité dans l'exécution de leurs métiers. Ils s'adaptent aisément avec l'atmosphère et l'ambiance qui régnaient dans nos usines. Ils travaillent d'arrache-pied et ils se donnent du bon temps avec des heures supplémentaires. Après les heures de labeur, on les voit partout dans les rues, circulant en toute liberté. Ils se baladaient chiquement habillés et braillaient sans gêne dans leur portable dernier cri à l'oreille, avec leurs articulations criantes de langue chinoise. Ils mènent une existence de petits princes et de petites princesses.

Ne s'arrêtant point pour autant, au lieu de faire venir des milliers ouvriers avec tous les risques de sécurité requise et oblige, il compte se lancer dans un vaste projet de textile, en Chine même. Est-ce le simple fait de la nostalgie ? Le succès de cet homme réside dans un alliage technologique de l'évolution industrielle moderne à celui du besoin et de la reconnaissance évidente de la ressource humaine indéfinie, inépuisable. C'est un homme de génie industriel incontournable qui a su puiser sa force de trempe aux fins fonds sacrés de la nature humaine. Il personnifie, à lui seul, le génie de l'imagination dans la manufacture du textile.

Dans le circuit du judiciaire, les compatriotes chinois ont investi des postes clés. Certains ont déjà été à la fonction de procureur-général, juges, magistrats, avocats... Quand certaines choses ne tournaient pas ronds, certains d'entre eux n'ont jamais hésité à claquer la porte derrière leur dos. C'est dire qu'ils jouissent, de toute évidence, de toute la liberté dans leurs faits et gestes. Et encore moins, aucune contrainte sur la question d'ordre politico-judiciaire.

Au niveau de la Santé Publique, il y en a beaucoup comme médecins généralistes ou spécialistes, cardiologues ou neurologues, gynécologues ou dermatologues, psychiatre ou pédiatres dont la prestation dans l'art de guérir n'en tient lieu d'aucun doute, allant de la chirurgie, à l'acupuncture, l'ostéopathie , et à bien d'autres sciences de la médecine moderne.

Dans le privé, certaines imaginations sont si fertiles chez nos compatriotes de la jeune génération chinoise qu'ils offrent à la population des soins d'urgence à travers le pays, en quelque lieu et dans chaque foyer, sans distinction aucune. Il suffit pour cela d'avoir un abonnement à un prix défiant toute concurrence et on est à l'abri vingt-quatre heures sur vingt-quatre. Le Méga-Soin dispose de quatre ambulances et d'une estafette des motos qui sillonnent d'un bout à l'autre tous les endroits et se tiennent en état d'alerte constante, prêtes à accourir, à secourir dans un laps de temps éclair. Beaucoup de cas qui auraient pu tourner au drame avaient été sauvés in-extremis, suite au S.O.S. lancé à la dernière minute.

Prenons en exemple cet homme d'un certain âge qui se trouvait seul dans sa maison. Subitement, une sorte de pression commençait à l'oppresser. Il respirait avec difficulté. À chaque effort, un sifflement aigu l'ébranlait, l'étouffait, paralysait tous ses mouvements. C'était une crise d'asthme et l'homme était un sujet asthmatique chronique. Alors qu'il approchait le récepteur de son oreille pour appeler son médecin traitant, il changeait d'avis et d'instinct ses doigts pianotaient sur les trois chiffres de Méga-Soin. Dans l'instant qui suivait, une équipe d'ambulanciers débarquait chez le malade avec tout l'attirail du masque d'oxygène pour dilater ses bronches et lui permettre une respiration normale. Le malade était ainsi sauvé. Autrement, dans les secondes qui aurait suivi, la mort l'aurait déjà envahi…

Partout et dans tous les secteurs, « Off-Shore », Port-Franc, Zone Industrielle, entre autres, les Chinois excellent en connaisseur. Ils maîtrisent à merveille toutes les données en cours. Ils donnent l'impression de pouvoir tout contrôler, tout diriger, tout décider à leur guise dans le contexte économique, financier et dans les affaires. Ils sont pleins d'esprit, d'idées nouvelles et d'imagination à en revendre. Ils sont des propriétaires de complexes immobiliers, de grandes surfaces où ils bravent et défient tous les secteurs de consommation courante. Ils montent des associations pour se mieux regrouper en noyau afin d'être inébranlables et de pouvoir exercer leur contrôle dans presque tous les circuits du commerce. Ils gèrent des hôtels cinq étoiles pour la bonne promotion du tourisme et n'hésitent pas sur les moyens à mettre en place pour attirer les vacanciers à venir y passer leur séjour dans un climat de tout repos. Ils possèdent des casinos, des chevaux de courses... On émet depuis quelques temps l'idée d'un parcours de golf, unique en son genre avec un nombre élevé au maximum de trous, dans cette région et qui s'étendrait sur plusieurs hectares de terres forestières tout en préservant le cachet agreste de ces lieux en pleine nature.

Projet utopique ? Dans le milieu d'affaires de la communauté chinoise, réaliser un parcours d'une telle ampleur représente un défi en soi qu'on s'empressera de relever avec zèle et ardeur. Tout laisse croire à sa réalisation prochaine.

Les enfants de la nouvelle génération chinoise fréquentent les meilleurs établissements scolaires et universitaires. Leur I.Q. est d'un niveau supérieur. Ces enfants sont également dans toutes les disciplines sportives où ils foncent avec conviction, détermination et bravoure.

On parle d'un autre projet colossal d'investissement à long terme où l'enjeu serait un complexe omnisports de grande envergure avec toutes les infrastructures nécessaires : courts de tennis avec projecteur pour la nuit, terrain de volley-ball et de basket-ball, piste pour échauffement, espace intérieur pour badminton, gymnase avec équipements sophistiqués y compris le massage, le sauna, salle de conférence, magasin d'objets sportifs, salon de coiffure, snack avec boisson non-alcoolisée...

Le centre ouvrira ses portes à toutes les communautés indistinctement. Les promoteurs de ce projet ambitieux viseraient une clientèle venant de toutes les couches sociales, dans un souci primaire de rentabilité. Cependant, les gens ne sont pas dupes... derrière toutes ces idées ? Au fond, ils savent bien que le complexe sera surtout un lieu de convergence pour les Chinois. Où plus rien ne compte pour eux que la victoire et le triomphe sur tous les fronts.

À ce jour, ils ont une politique de loisir, d'amusement et de détente. Ils se grisent de l'ambiance musicale et de l'atmosphère colorée des jeux de lumière dans les discothèques. Ils ont leur propre centre culturel où ils s'engagent dans des débats fort animés en rapport avec le rôle que joue dans le monde leur mère-patrie : la Chine.

Bien ancrés dans les mœurs médiatiques, il y a même deux journaux en langue Mandarin et Hakka pour maintenir la communication, le dialogue constant, interculturel dans la communauté. Ils prônent ouvertement de multiples courants de pensée philosophique chinoise, tout particulièrement depuis la prise en charge de Hong Kong sous la tutelle de Pékin en 1997. Cela a permis en même temps de dégeler la tension existante autrefois entre les deux Chines, dans la diaspora chinoise de l'Ile. Certains se disent encore fidèles adeptes du Grand Timonier, nommément, le grand guide légendaire du peuple chinois qu'est Mao Tse Toung. Il y a un bon nombre de Chinois du pays qui portent encore avec eux le petit Livre Rouge et qui se faisaient remarquer avec son effigie, ostentatoirement accrochée à leur veston ou chemise. C'est la bible du Communisme Chinois dans laquelle, l'auteur étaye de long en large le résumé de toute l'étendue de sa tactique révolutionnaire et de sa stratégie militaire, toute sa connaissance de la gestion, toute sa philosophie politique et culturelle. Il va sans dire que cette doctrine maoïste a fait son bout de chemin au point où tout un chacun prétend s'en inspirer pour vraiment réussir dans la vie. Et puis, il y a aussi ceux qui croient et ont foi au Bouddhisme, au Confucianisme, si ce n'est Lao Tsé, Meng K'o...

En cette période de grande révolution dans les domaines de l'informatique où l'on prétend que le temps est synonyme de la richesse, cette communauté minoritaire immigrante s'est enfin réveillée. Elle se tient debout sur ses pieds, toute seule. Elle n'a plus froid aux yeux. Elle ne craint plus de lever la tête pour regarder les autres, droit dans les yeux, non avec cette mauvaise perception de l'antagonisme revanchard, néanmoins avec celle d'une noble convergence. Maintenant qu'elle a fait ses preuves, elle a un autre atout avec un avantage linguistique unique. Quelques-uns de la nouvelle génération de la communauté chinoise ont la faculté de pouvoir s'exprimer en plusieurs langues étrangères : allemande, italienne, française et anglaise. Ajouter à cela, le cantonais, le mandarin, le hakka, y compris le créole, dialecte le plus répandu de l'Ile et le bhojpuri. Cette dernière expression est en usage dans quelques régions de l'Inde. Et, elle est également très utilisée ici au sein de la communauté Hindoue des régions rurales, en particulier.

Alors que de toutes les ethnicités confondues, nul, ni personne ne parle, ni ne comprend la langue chinoise. Si ce n'est pas là du cynisme. Toutefois, il n'y a pas lieu de s'affoler. Présentement, il y a un bon nombre de chez nous, issu d'autre communauté qui font des études en médecine à Pékin. On dit qu'ils parlent aussi bien la langue chinoise que l'anglais et le français.

Les Chinois n'ont plus rien à envier à quiconque. Pour preuve, la communauté s'est d'elle-même incorporée avec toutes les couches intercommunautaires de la société jusqu'au niveau des mariages mixes interethniques / interculturels. Désormais, la communauté chinoise est au diapason, dans son univers et s'y trouve bien à son aise. L'adaptation a pris racine. Elle ne reculera plus. Elle ne faillira, ni ne fléchira pas non plus. Elle avancera toujours de l'avant pour s'offrir de concert comme bouclier incontournable, invincible, inébranlable sur tous les fronts pour défendre la patrie.

La communauté chinoise a réussi la gageure d'instaurer une confiance intégrée au sein de la société et de créer un bilan de synthèse dans un contexte de partage adéquat de la maîtrise de l'imagination, de la haute technologie avec l'inéluctable combinaison de la science du savoir. Elle prône le dialogue dans l'ouverture et la transparence. Elle est en plein épanouissement et compte dans ses rangs une panacée florissante d'hommes consciencieux sur les épaules desquelles reposent la quintessence de l'économie du pays.

Chapitre 8

Où l'on tourne le regard, ce sont de vastes étendues de champs de cannes qui se découvrent à la ronde. Les longues feuilles ne sont plus vertes, mais plutôt un peu ternies, recourbées, cédant la place à une sorte de plumeau qui émerge de la tête avec un flocon de fleurs grisâtres. Autant chatouillantes, autant belles à contempler, ces fleurs imprégnées de pollen sont délicates, fragiles et elles se détachent à la moindre caresse du vent. Elles s'éparpillent, libèrent leur masse de pollen dans la nature qui devient un vrai danger allergique pour ceux qui souffrent de l'asthme et ceux dont les narines sont sensibles à l'irritation. Gare à ceux qui sont histaminiques au pollen et qui doivent parcourir le rayon des champs de cannes pendant la floraison.

La route elle-même se fraie entre les champs de cannes. Lorsque l'on regarde la sinuosité du chemin envahi aux deux côtés par des brassées de feuilles sèches, jaunâtres de cannes à sucre, on a comme l'impression que plus loin, le passage est obstrué, ne faisant plus qu'un avec l'étendue des champs. À l'intervalle, de loin en loin, au beau milieu de ce prolongement des champs de cannes, de grosses pierres de toutes dimensions sont pyramidalement amoncelées. Toutes ces meules de pierres rondes, carrées, ovales sont opaques, tachetées de lichens d'un vert foncé et couvertes de larges couches de champignons blanchâtres. Aux entrailles de toutes ces pierres diverses émergent des tentacules de lianes et de solides arbustes rabougris dont les branches maigrichonnes sont dépouillées de leur feuillage, grillé au soleil, émoussé par le fouettement du vent. Ces pierres s'amoncellent les unes sur les autres en rangée d'ordre parcimonieux avec une telle minutie, une telle harmonie, une telle homogénéité qu'elles paraissaient renfermer un mystère, une force incontrôlable, capable cependant de s'imposer, de faire obstruction à la puissance et à la volonté de la nature.

À l'horizon, le soleil perdait son éclat. Il se ternissait, s'assombrissait, se rapetissait, se déclinait lentement. Il semblait aspirer ses rayons de faisceaux lumineux. Une ombre frissonnante voilait l'alentour et alourdissait davantage l'atmosphère médiocre et pesante en cet instant de transit entre la clarté du jour et la tombée de nuit. Les bandes de nuages épaisses sont éparses et produisent des gouaches en forme de tourbillons dont les caractères abstraits révèlent un aspect étourdissant. L'air que l'on respire est froid, humide, asphyxiant, sinistre...

Les rares arbres qu'on rencontre aux abords de cette route solitaire sont envahis par une bande d'oiseaux qui font un incessant va-et-vient à une vitesse furtive dont on essaye en vain d'en donner un sens. On aimerait savoir ce qu'ils trament, ce qu'ils concoctent, ce qu'ils mijotent, ce qu'ils becquettent avec une telle ferveur et en dépensant une si vive énergie. Ils se déplacent avec une mobilité supérieure. On est obligé de se demander s'ils ont le temps de prendre contact les uns, les autres avant de disparaître comme des abrutis en lançant des cris incohérents. Ces pépiements aigus d'ovipares produisent un écho vrombissant aux alentours alors qu'ils se dispersaient dans les nues avec des grands battements d'ailes. On voudrait bien les suivre dans leur fuite éperdue. Impossible. Ils s'évanouissent comme par enchantement dans les airs.

Au devant, la route continuait de se profiler et de se dérouler comme un énorme rouleau de tapis noir. L'immensité de l'océan commençait à se faire voir avec tout au fond une bande d'écume blanche délimitant les coraux du brisant. La mer paraissait agitée et les vagues successives montaient à une hauteur effroyable avant de se laisser choir, mélangées dans la masse aqueuse pour rebondir de plus belles à l'assaut du remous.

Les pas géométriques se dessinaient dorénavant bien plus à vue d'œil où l'on peut distinguer toutes les sinuosités avec, comme jalons, les grands cocotiers aux longues tiges feuillues, retombées, cadencées, étalées, tiraillées à tous vents. Au bout des cocotiers sont suspendues de volumineuses grappes surchargées de cocos jaunes. On a l'impression qu'avec une telle pesanteur, l'unique tronc étroit, rugueux, bosselé avec ses tas des racines presque visibles au pied qui s'enfoncent dans le sol sablonneux, aride, pouvait se déséquilibrer, chuter et s'allonger de toute sa longueur, à n'importe quel moment.

Ailleurs, les filaos avec leurs multiples branches touffues font leur apparition également. On a comme une sensation d'entendre à l'oreille le sifflement en sourdine du vent lorsqu'il ventile les brindilles, accompagné des bruissements de vagues lointaines. Les bois de filaos sont très demandés pour alimenter le feu dans les cuisines indigènes. Le meilleur charbon que l'on se servait autrefois, provenait des troncs et des branches de filaos dont la consistance n'avait point son pareille.

Le grand pont de l'Escalier, superbe architecture vétuste à clairevoie qui date de plus d'un siècle apparaît en hauteur comme un mastodonte avec son infrastructure supérieure en forme d'arc, entièrement faite de câbles, de barres et de colonnes métalliques, soutenue aux extrémités par d'énormes pilotis implantés en profondeur dans le sol de granite. Situé dans un décor en relief, sauvage, surplombant la vallée pittoresque au fond de laquelle coule une rivière avec ses volumineux torrents d'eau floconneuse, cascadant entre les grosses pierres lisses et polies qui s'érigeaient immobiles, indifférentes à l'assaut continuel de la masse aqueuse au beau milieu du lit. Le pont est une construction très solide, bien résistante et a tenu bon contre la poussée de plusieurs cyclones. Celui de 1892 que les anciens affirmaient comme étant le cyclone le plus dévastateur que le pays ait connu, n'avait pourtant rien ébranlé au pont.

Toutefois, il n'en fut point semblable en ce qui concerne le cyclone Carol qui visita l'île dans les années 60 et qui secoua un peu la base à cause de la montée effrayante des eaux. On ne s'alarmait quand-même pas outre mesure car le pont servait surtout à desservir le chemin de fer dont on avait déjà retiré les trains du circuit... Allez comprendre cela alors que de par le monde les trains constituaient un des moyens de transport de masse indispensable dans le collimateur moderne de l'industrialisation. Même l'interminable bande d'acier servant de rail pour guider les roues des trains a disparu, s'était volatilisée, évaporée dans la nature.

De nos jours, il ne manquait pas de culot à certains qui se trouvent à la barre de commande de l'État de faire allusion à l'introduction du métro-léger et autre monorail qui va coûter les yeux de la tête, à coup des millions et des milliards. Cependant, malgré que le coût du ticket qui sera bien plus cher, largement élevé, on s'en foutait. Si certains décideurs empochaient des commissions mirobolantes, toutefois l'argent visant à financer le projet ne provient pas de leurs poches personnelles. Que le projet pourrait s'avérer être un éléphant blanc ? Cela ne les empêchera pas de bien dormir sur leur oreiller. C'est le triomphe, à outrance, de l'amateurisme professionnel. Si ce n'est de l'abus de pouvoir tout simplement. Toutefois, une chance inespérée se profile à l'horizon depuis peu...

On parle de recommanditer une contre-étude pour ces colossaux travaux de superstructure. On chuchote même que le coût initial du projet allait subir une dégringolade, donc bénéficiable, à coup sûr, pour les futurs voyageurs. On laisse entendre que le prix du ticket chutera de façon drastique. Un encouragement certain pour le public qui espère beaucoup de ce nouveau mode de transport en ligne droite.

Quant au reste de l'infrastructure, seul le pont résiste encore. Inactif, mais permettant quand-même aux laboureurs de bénéficier d'un raccourci pour se rendre à leur lieu de travail, dans le champ avoisinant. Cela grâce aux madriers qui s'y trouvent et qui leur font gagner une économie d'énergie.

Cela fait rappeler une drôle d'aventure qu'a vécu un adolescent en voulant traverser le pont, long de plus de cent mètres, avec sa bicyclette suspendue à l'épaule. Il faut savoir que les innombrables madriers posés en lignée régulière sur d'épaisses plaques de métal et sur lesquels viennent s'ajuster les rails du chemin de fer, laissent transparaître des interstices qui donnent un aperçu de la profondeur vertigineuse en-dessous. Le garçon portait un short et une chemise en kaki blanc avec des tennis au pieds. Avec sa casquette en visière, il avait l'air d'un citadin à la recherche de l'aventure. Et, venant d'on ne sait où, il était en villégiature et se promenait à vélo en solitaire. Certes, c'était une entreprise qui requiert beaucoup de courage et autant d'endurance. Il voulait goûter, savourer, sentir cette sensation de la traversée en haute altitude avec la vue plongeante dans le vide.

Après qu'il eut fait quelques pas en toute confiance et avec prestesse sur les madriers, en accrochant sa bicyclette toujours à l'épaule, il découvrait soudain la transparence du néant sous son regard. C'était trop tard. Il avait commis l'erreur qu'il ne fallait pas commettre. Il ne devait pas regarder en-dessous de ses pieds. Il devait ignorer le gouffre béant en gardant les yeux droits devant lui et il vécut l'irréparable. Instantanément, il s'arrêta. Il fut envahi par un frisson. Il tremblota de tout son corps ; ses dents s'entrecognaient dans sa bouche. Il devint rauque. Sa gorge se sécha et la salive lui manqua. Tout son corps se penchait en avant faisant croire qu'il allait être plongé dans le décor. Il se rattrapa à l'extrême.

Une nausée l'attrapa. Il ressentit un haut-le-coeur. Sa tête se mit à tourner. Il se sentit happé par les ondes de profondeur. Il laissa glisser de l'épaule sa bicyclette qui coulait entre les madriers avec un grand bruit effrayant de clochettes et des cliquetis mécaniques. Elle disparut dans le vacuum abyssal, houleux de la rivière à des centaines de mètres plus bas, soulevant une énorme brasée d'écume lors de sa brusque plongée au beau milieu du bassin. Hébété, il s'assit encore tout tremblant de peur. Il se souvenait quand-même qu'il fallait respirer à grande bouffée l'air et à plein poumon dans une telle situation. Il se mit en califourchon sur ce qui restait de rail et ferma les yeux. Il rebroussa chemin à reculons, tout en assurant bien ses prises. Le recul paraissait d'une distance interminable. La sueur lui inondait le visage et rendait sa vue floue. Il n'y avait personne aux alentours pour appeler au secours. Il tremblotait, frissonnait toujours de la tête aux pieds lorsqu'il s'était enfin dégagé de la mauvaise passe sans trop savoir comment.

À tellement raconter cette mésaventure, c'est devenu une genre de légende dont tous les villageois prenaient grand plaisir à en faire le récit. Certaines mauvaises langues voulaient que le garçon chute, emporté littéralement dans le précipice, accroché à sa bicyclette. Cependant, personne ne pouvait dire au juste ce qu'il advint du garçon. Vrai ou faux, c'est en tout cas en fonction de la ferveur avec laquelle on racontait l'histoire.

D'autre part, il faut croire que rien ne demeure éternel. Il est ainsi malheureux de constater qu'il y a une chose contre laquelle, le vieux pont n'a pu résister : c'est l'érosion. Les couches de peinture aluminium, antirouille, se détériorent, envahissent l'enveloppe, les membranes métalliques qui s'effritent, qui craquent, s'effeuillent, se volatilisent, tombent en croûtes, s'amoncellent en de petits tas aux pieds de diverses vielles colonnes en métal. Comme le cancer, l'érosion fait un travail de fourmis en profondeur, détruisant à petits coups, à peine perceptibles les organes vitaux sans qu'on s'en aperçoive. Et puis, un beau jour, lorsqu'un membre ressent de la douleur, commence à manifester un battement d'ailes, après l'examen, perplexe, on se voit confronter à une réalité irrécupérable. L'édifice est envahie de partout, la gangrène se propage... C'est un peu le cas de ce pont qui se présente maintenant comme ayant une solidité apparente. Il est pour ainsi dire hors d'usage, supprimé de tous ses éléments consistants. On peut dire qu'il se trouve en état squelettique bagasse.

Le pont n'en demeure pas pour autant un vestige qui attire grand nombre de promeneurs en quête de sensation forte et des souvenirs à emporter de leurs séjours de vacances. Surtout lorsqu'on songe à la hauteur vertigineuse de son perchoir qui, vu à distance, à travers la verdure tropicale dense, dans un certain angle, il est comme le naufrage d'un grand vaisseau spatial, avec ses innombrables antennes pointées, émergeant de toute part, suspendu en équilibre au bout des branches.

Chapitre 9

— Paapi ! Peur… Papi… babille Christopher en se serrant, s'agrippant, se cramponnant contre son père.

Rex Zaditen devait, en effet, donner un brusque coup de volant, se frotter les yeux à demi-somnolents, respirer à grand coup et réaliser à quel danger il allait exposer l'enfant par sa nonchalance. La route vient de bifurquer soudainement, puis continuait à s'allonger sur une pente abrupte, accidentée et dangereuse, à multiples détours et tournants en lacets.

Non, il ne sommeillait pas. Au cas contraire, l'œil de la caméra miniaturisée, accrochée à côté du pare-soleil aurait déclenché le jet d'eau au visage pour surprendre et réveiller le conducteur. La certitude serait qu'à force d'immerger en-deçà de soi-même, son esprit vagabondait ailleurs et ses yeux ne transmettaient plus sa vision au cerveau. Une fois qu'on est saisi, tout rentrait dans l'ordre des choses. Tout redevenait normal.

À un moment, à cause de profondes crevasses sur l'asphalte, l'aileron avant gauche frôle légèrement le muret en bordure de la route. De toute manière, il ne pouvait être pire car le conducteur de la voiture est un as du volant. Il a toujours eu la passion de conduire. Il est capable de s'éterniser à conduire une voiture en autant de parcours et quelque soit le terrain. Il est entendu qu'il serait capable de toutes ces prouesses dans un état lucide et non dans ce moment d'extrême tension.

Il y a quelque temps de cela, il prenait encore part dans plusieurs compétitions de rallye automobile. Son palmarès dans ce domaine est assez éloquent. Il y avait même eu une saison où il avait raflé tous les prix d'un concours en circuit fermé. Il y a une bonne quarantaine de trophées qui ornent les étagères au coin de son spacieux salon.

Il connaît tous les circuits de rallye automobiles : Nicolière, Cluny, Eau-Bleue, Plaine-Champagne, Chamarel, Magenta... Ces derniers parcours lui ont le plus marqué, surtout, en raison de son aspect pittoresque, isolé, solitaire qui lui rappelle celui de la grande savane d'Afrique ou encore une partie des circuits de Paris / Dakar. Ses proches le comparaient aux grands pilotes internationaux : Michael Schumacher, Mc. Laren, Ayrton Senna... D'ailleurs, le rêve de sa jeunesse se berçait au désir de participer, un jour, au 24 heures du Mans.

Tout ça, c'est bien loin, très loin même, enfouie au fin fond d'un passé révolu. Pas de nostalgie, point d'amertume non plus. Cependant, l'évocation est permissible. Toute la sensation découlant de tous ces beaux moments d'ivresse et de la conduite demeurait enregistrée dans l'imagination et préservée comme dans un ordinateur. C'est un passé qui ne reviendra jamais, plus jamais. Toutefois, l'image pouvait surgir à n'importe quel moment, quand on le voulait bien... Le clavier, la souris, et... hop !

Toujours préoccupé pour l'instant par sa progéniture, après avoir maîtrisé le volant de sa voiture, reprenant possession de lui-même, il rassure le petit :

— T'en fais pas, mon bébé ! T'en fais pas, mon chéri. Ton papi est là pour te protéger.

Le conducteur descend la pente à grands coups de volant à gauche, à droite... Le levier de vitesse se coulissait entre la 2ème et la 3ème avec des saccades, des crissements de pneus sur l'asphalte et finit par remplacer la peur du bébé par une joie éclatante, époustouflante. Christopher s'était installé carrément sur les genoux de son père alors que celui-ci augmentait la vitesse et faisait bondir la voiture en avant. Quel effet tourbillonnant. Tel père, tel fils, ils se mettaient à rire à gorge déployée, à grands éclats. Le petit était atteint d'un fou rire presque hystérique. Le papa devait ralentir au grand déplaisir de Christopher dont le rire s'arrêtait net.

Conducteur de grande connaissance dans le maniement de l'automobile, Rex Zaditen ne pouvait ne pas se rappeler les innombrables accidents fatals, dans ce parage, sur cette route en slalom à réputation dangereuse avec de grands risques d'aqua-planning au temps des pluies.

Tout récemment, la semaine dernière, pour être plus précis, un 4x4 a percuté une vieille Mazda blanche, décapitant les deux occupants de la voiture avec le détachement du capot et en faisant voler le parebrise en multiples éclats. La Mazda Familia 323 a été littéralement écrabouillée après avoir fait plusieurs tonneaux. Une des roues s'était arrachée de son moyeu, volatilisée sous le choc et avait été récupérée sur la berge de la rivière qui côtoyait parallèlement la route sur une bonne distance. La voiture était comme un amas de ferraille tordue, compactée. Le sang des occupants avait éclaboussé tout l'intérieur en rouge vermeil. Que c'était affreux... vraiment affreux !

Quand on est dans un 4x4, quelque soit la marque du véhicule, le conducteur est comme titillé par la forte sensation d'être capable de tout balayer sur son passage. Il se sent puissant, hors d'atteinte. Il roule à tombeau ouvert. Concernant la vitesse, bien des chauffeurs prétexteraient l'expérience, mais quand l'obstacle surgissait au-devant de la route, c'est alors l'inattendu, la panique suivie de l'affolement pour finir ensuite dans le décor.

La nuit, les chauffeurs foncent, braquant toutes les lumières sur la route, en faisant preuve de la plus grande indifférence face à ceux venant dans le sens opposé... Que ceux-ci s'éblouissaient avec leurs multiples phares allumés à plein feu ? Cela les laissait indifférents. Ce n'est qu'après le cafouillage de l'accident qu'ils prenaient conscience de leur maladresse au volant. C'est toujours trop tard...

Certains poussent l'audace jusqu'à modifier la structure de la carrosserie en y adjoignant des crash-bars colossaux et des pneus à dimension démesurée. Ainsi, il fallait des marchepieds pour accéder à l'intérieur d'où la vue domine, embrasse tout et le paysage au devant de soi, devient panoramique. Heureusement qu'on parle d'amender la législation bientôt pour mieux contrôler ce genre de véhicules et afin d'interdire aussi certaines modifications.

De plus en plus, des 4x4 de tous genres fourmillent sur nos routes, alors que notre pays n'a rien de comparable à ceux dont la topographie du lieu exige des moyens de transport semblable. Que voulez-vous, la faute est imputable au snobisme. Et à l'argent, également.

Et quand l'argent prolifère ? On n'aime plus ce qu'on est et ce qu'on a. On veut être l'autre. On veut faire comme l'autre. On croit pouvoir se payer le luxe de tout ce que l'on désire. Dire que sur nos routes nationales, la limitation de la vitesse est de 80... bientôt 90 kilomètres à l'heure ? Alors que nombreuses sont les voitures modernes qui débarquent au pays avec une capacité cylindrique de plus de 200 kilomètres heure. Et que dire de nos taux de mortalité sur les routes : les plus élevés probablement de la région. On parle déjà de plus de centaine d'accidents sur nos routes tous les mois. Le moindre accident pouvait entraîner des dépenses de plus de Rs, 25,000/= à Rs. 40.000/= pour la réparation des dommages subis. Passons sous silence les dommages dépassant les centaines milliers des roupies. Comparons les chiffres à tous ces dégâts provenant des accidents et souvent la plupart de ces voitures abîmées sont irrécupérables. La perte est totale. On arrive à la conclusion qu'on aurait pu faire vivre mille familles qui se trouvent dans une situation de pauvreté, proche de la détresse humaine.

Et puis, dans ce pays, rien ne surprend plus... On vit à un rythme frénétique. Chacun, sans trop le savoir peut-être, donne l'impression de croire qu'il est unique et que sans lui, sans sa prestation, sans sa prouesse, sans son extravagance qui, bien souvent tourne au ridicule, le monde cesserait de tourner. Et dans beaucoup de cas, c'est la débandade, la catastrophe ! Trop de choses se font en minimisant l'enjeu et au petit bonheur dans cette contrée du sud-est du Continent Africain.

— Paapa... Paapi, encore... encore... babille Christopher entre deux giclées de bave.

Au milieu de tant de gaieté innocente, dans cette solitude dominée tout simplement par les froissements des arbres sous la pression des vents, les bruits tumultueux venant du fond de la grande rivière qui charrie son intarissable masse aqueuse, rien, ni personne ne pouvait imaginer qu'à n'importe quel moment, tout serait capable de bousculer et de basculer toute une vie, d'anéantir d'un seul coup ce qu'on aurait pris toute une existence pour réaliser, ériger, construire. L'homme est ainsi conçu pour que sa vie, son existence entière puisse s'effondrer, s'exterminer, disparaître en une fraction de secondes et cela, à n'importe quel moment, en n'importe quel lieu, du jour comme de la nuit. C'est pourquoi, plus que jamais, l'homme a besoin de croire, d'avoir foi en une force surnaturelle, puisqu'il découvre et réalise que malgré, bon gré, la vie, la mort ne tient qu'à un fil.

En face de tant de perspectives attrayantes, opportunes, prometteuses à n'en douter aucunement, Rex Zaditen, lui, se sent de plus en plus seul, perdu, démuni, diminué, amoindri, dépouillé de toute énergie, de tout ce qu'on appelle endurance, confiance, force de volonté. Il se sent déprimé, séquestré dans ses pensées, plus seul que jamais, inutile, traqué, talonné, poursuivi par un ennemi hors du commun, un ennemi infaillible : lui-même ! Certes, il n'y a point de pires antagonistes que lorsqu'on est en face de soi, l'adversaire de soi-même.

Chapitre 10

La quarantaine ? Certains ont fini par boucler leur existence, mènent déjà une vie rangée à l'abri de la préoccupation du présent. Certains autres se vieillissaient davantage en entendant leurs petits-enfants les appeler « Grand-Père ». Pour d'autres encore, cela ne dit rien si le cœur rythme toujours à la régulière. Il est vrai que lorsque l'on a quarante ans, on n'est plus à la fleur de l'âge. La jeunesse d'antan ne revient jamais.

Rex Zaditen, quant à lui, pense tout naturellement qu'il avait toute la vie, toute l'existence devant lui. C'est maintenant qu'il appréciait le mieux son rôle. Il est assez fort bel homme avec une tête aux cheveux coupés en désordre, parsemés de courtes mèches décolorées au dessus d'un visage serein au teint rembruni, brûlé au soleil des tropiques. Il est bien structuré avec une musculation homogène, quoi qu'il est loin de posséder un corps de discobole. Il jouissait d'un physique dans la moyenne, sans complexe, décontracté, enviable, même au « play-boy » le plus viril, le plus flatteur. Sans en être pour le moins séduisant, il se dégage de lui une force tranquille de persuasion, un certain charme, une assurance qui frappe, qui accroche, qui inspire et qui rassure...

Ceux le connaissant de près prétendait qu'il avait la réputation d'un homme qui a su démontrer beaucoup de sacrifice et d'abnégation. C'est un lutteur émérite, hors du commun des mortels, il s'est hissé, élevé, accédé à un niveau supérieur à coups d'assiduité et de détermination. Il est parvenu à franchir toutes les difficultés successives érigées, tout au long du trajet, menant vers la réussite par ses propres efforts et sa propre initiative. Alors que d'autres se seraient laissés prendre, gagner par certains excès de découragement et de lassitude, lui, a su garder cette belle maîtrise, tout imprégnée de courage, de modestie, d'humilité et de sagesse qui font l'admiration de tant d'hommes de grandeur de ce monde. Il a refusé l'abaissement de la facilité à la vie oisive sans suite d'avènement majeur et de la concrétisation de l'après.

On le craignait un peu. Malgré un sourire facile aux coins des lèvres, certains le trouvaient rigide, austère, néanmoins on refuse de le qualifier de caustique. C'est un homme qui, à force d'avoir subi des revers tout au long de sa vie, mûrissait en caractère et en moralité. Esprit pondéré, sagace, il cultivait une vision élargie et à long terme sur toutes les données en cours de l'existence. Fils de divorcé dont toute l'enfance s'était débalancée à cause d'un manque cruel d'affection et d'une confusion inexplicable dans la séparation de ses parents. S'il a pu s'épargner des éraflures de cette tranche de sa vie d'enfance, c'était surtout grâce à ses innombrables tantes et oncles qui ne tarissaient pas d'effort et d'énergie pour lui procurer cette chaleur de confiance, ô combien propice à cet âge, pour un accroissement pondéré, un épanouissement sans trop de tragédie.

Lorsque les tantes et les oncles s'étaient successivement mariés, Rex s'était senti repoussé, délaissé, abandonné... un dépouillement qui ne lui était pas agréable à accepter, à combler. Il donnait une fausse interprétation à tous ces événements du mariage qui le privait de chaleur et d'affection dans son entourage de proximité. Il ressentait tout cela comme un délaissement, une calomnie, une trahison et l'expression n'était pas forte, cruelle même.

Plus tard, dans la maturité de sa jeunesse avec un esprit plus détaché, plus fortifié, plus consistant, plus ouvert, il acceptait mieux la condition dans laquelle son existence évoluait. Avec un caractère agressif, rébarbatif et combatif à l'extrême, il s'était juré quand-même de se tirer du guêpier de cette dégoûtante position et écœurante situation.

Ayant eu, au commencement, des débuts assez décourageant, déprimants et déplorables par défaut de soutien direct, il a connu le dépouillement. Il a su se faire une idée du dénuement. Il a vécu l'indigence. Souvent, n'ayant rien à se mettre sous la dent, il dormait le ventre creux. Son apprentissage était long, ardu, mais rien ne le décourageait, rien ne freinait son avancée... Il maintenait son cap, poursuivait son défi à l'auto-suffisance et, du même coup, il défendait jalousement son indépendance individuelle.

Au cours de sa dernière année d'études, il a dû travailler la terre et se nourrissait de pains rassis, trempés dans le thé noir, à peine sucré ou grignotait des sandwichs fourrés aux raisins secs par esprit d'économie afin d'avoir l'argent indispensable pour financer ses frais de l'université. Ses mains étaient devenues rugueuses, caleuses et ses doigts avec ses ongles cassés, paraissaient d'une rudesse tout à fait contraire à quelqu'un qui bossait avec la plume. Cela s'expliquait du fait qu'il faisait du jardinage pour arrondir son budget. Il était l'étudiant le plus mal en point et le plus à plaindre quant à son accoutrement vestimentaire. Alors qu'il était commun de voir les autres camarades d'études porter du Tommy Hilfiger et autre Calvin Klein, marque d'origine fabriquée chez nous pour l'exportation vers l'Europe et les Etats-Unis d'Amérique.

On ne savait pourtant jamais comment ils se procuraient cet haut de gamme qui n'existe pas sur le marché local. Pour certains, ils les achetaient en devise étrangère au comptoir du Duty-Free Shop ; d'autres les recevaient en cadeau des proches venant de l'étranger. Il paraissait qu'on trouvait aussi des jeans, des chemises et des tee-shirts dont la fabrication falsifiée, portant des griffes de renom international, se vendaient à un prix dérisoire, à la criée sur les trottoirs.

Tandis que pour lui, simple et modeste étudiant, certaine couture parfois laissait à désirer puisqu'il prenait l'aiguille lui-même pour le raccommodage. Or, il était également le plus propre, le plus sérieux, le plus strict. Il s'habillait avec beaucoup de soins et le plus correctement possible malgré une tenue qui manquait de brillance. Il chaussait des tennis tout le temps parce que c'était le moins coûteux. Quand la chaussure perdait de sa blancheur, il ne faisait que diluer un peu de peinture à l'eau et la badigeonnait avec un pinceau. Exposée et séchée un moment au soleil, elle retrouvait tout de suite son éclat neuf.

Avec un coeur acquis à sa cause, il a eu le bonheur de ne jamais se laisser pétrir dans le piège du découragement, la traque de l'isolement ou l'abîme du désespoir. Atteindre coûte que coûte le sommet du succès était pour lui comme un challenge qu'il prenait plaisir à relever et à conquérir. Il déployait toute son énergie et tout son courage pour surmonter les éléments réfracteurs à la réussite. Sa devise : « se tirer toujours par le haut en se maintenant bien la tête sur ses épaules et le regard au beau fixe, tout droit devant soi ».

Garde sécurité, vigile, magasinier, marchand ambulant, avant de choir dans les grosses entreprises industrielles. Il aura travaillé dans plusieurs industries du textile sans se sentir capable de s'adapter. Toutefois, l'important pour lui était de pouvoir dormir en toute quiétude et sans le creux au ventre.

Par contre, ici, dans cette grande industrie de la Zone Franche, où il a pris de l'emploi depuis près de huit ans, Rex Zaditen se sentait enfin à l'aise, bien dans sa peau. Il a fait ses débuts dans l'usine avec un salaire plus que médiocre : Rs. 3,500/= mensuellement. Cela ne lui disait rien puisqu'il chérissait surtout cette étrange sensation de liberté qu'il ressentait dans l'entreprise. Comme s'il était chez lui au milieu de ces centaines de machines industrielles qui caracolaient, côte à côte, avec de centaines d'ouvriers ou d'ouvrières à longueur de journée. Il aimait bien cette ambiance frénétique, imprégnée de chaleur, de cordialité, de courtoisie et qui s'accordait à merveille avec le pianotement rythmique ou cadencé des appareils à production.

Petit à petit, à l'instar de la fourmi, le simple employé avait gravi les échelons. Il se trouvait présentement à la tête de la direction. Quand il avait accepté la lourde responsabilité de directeur/général de l'entreprise, il fallait vraiment croire que ce poste n'était pas si alléchant. L'industrie allait vers la faillite et menaçait de jeter sur le pavé quelque 350 employés dont le gagne-pain y dépendait. En l'espace de deux ans, il avait pu remettre l'usine sur le rail et renouveler la confiance que ces nombreux travailleurs avaient placée sur ses épaules.

Tout cela a été possible pour Rex Zaditen parce qu'il est avant tout un homme de terrain, un très fin observateur qui a su mettre à profit une bonne dose de psychologie dans la gérance industrielle. Il était aussi un technicien formé au célèbre établissement vocationnel œuvrant dans le but de venir en aide aux étudiants post-universitaires se trouvant dans une situation défavorisée. Financé par une branche de l'U.N.E.S.C.O., cette école de formation est administrée par une équipe de volontaires venant de France, de Belgique et d'ailleurs, qui sont des spécialistes dans divers domaines de l'encadrement pratique de la promotion professionnelle.

Rex Zaditen avait gagné la porte de sortie avec une mention de savoir-faire exceptionnel. Lors de la remise des certificats, il était le seul récipiendaire diplômé à ne pas se faire accompagner. Et, lorsqu'il avait le certificat d'aptitude professionnelle en sa possession, entre les mains, ses doigts se mettaient à trembloter... Qui aurait cru que ce bout de papier allait être, plus tard et dans des circonstances décisives, un grand atout pour lui ? C'était comme une passe magique qui lui faisait ouvrir toute grande, toutes les portes industrielles. Dès qu'il avait pris la charge de la direction de l'entreprise, il n'avait pas lésiné pour rompre avec l'ancien principe. Pour cela, il labourait nuit et jour pour trouver une formule d'adaptation avec l'exigence de la demande en cours. Tout en essayant d'acquérir la potion magique du textile, il lui incombait et lui importait de préserver cette tranche de la clientèle existant déjà depuis toujours. Il bousculait tout. Il révolutionnait l'ensemble du système de son prédécesseur qu'il jugeait anachronique. Il revoyait tous les livres de comptes et gardait ce qu'il jugeait encore efficient pour sa nouvelle technique de comptabilité.

Comme il n'était pas de ceux qui prônaient la radicalisation à l'emporte-pièce, il pensait qu'il n'était pas nécessaire de jeter un fruit à la poubelle parce qu'il serait infecté, en partie, de la mite. Partisan de la tolérance, il croit qu'on pouvait essayer de couper le fruit en deux et en consommer la tranche demeurée encore intacte, propre et saine. Il appelait cela faire preuve de la juste mesure et de la modération.

Alors que l'ancien administrateur concentrait toute l'entité de sa production exclusivement sur le marché européen où, croyait-il, que la rentabilité était sûre et certaine. En acceptant cela, il n'avait certes pas à l'esprit une perception méchante. Pour lui, il admettait que c'était une assurance tous risques et il en restait là, à suivre le roulement de ses produits sans se soucier à augmenter aucunement sa productivité. Il craignait les risques et n'avait aucun goût pour l'aventure... surtout pas en affaire !

Rex Zaditen était tout le contraire. Assez mûr dans les affaires, misant sans le moindre doute sur son dynamisme et son sens de fonceur. Coriace, voulant être toujours plus fort pour aller toujours plus haut, plus loin, il avait avant toute chose senti cette proposition comme un défi qu'il fallait à tout prix relever. C'était plutôt cela sa motivation réelle. Audacieux, il privilégiait ce genre d'entreprise.

Donc, pour réussir, il fallait tout le temps : produire, produire, produire ! Sans la production, il n'y avait point d'offres et de la demande. Et par contre, s'il y avait une production haut de gamme tout en tenant compte d'une stabilité continuelle, on n'avait pas besoin d'aller faire du lèche-bottisme pour supplier l'investisseur de venir admirer les diverses innovations de ses produits. Il était sûr que les hommes d'affaires afflueront par eux-mêmes. Certains n'hésiteraient pas à offrir plus souvent des commissions afin d'obtenir certains droits exclusifs. Voilà en quelque sorte l'esprit d'entreprenariat de Rex Zaditen et de sa stratégie de « marketing » pour faire bouger et augmenter la production. Donc, accroître le revenu.

Tout confiant et tout déterminé à réussir là où d'autres ont échoué, Rex Zaditen réorganisait son système de marché, de fond en comble. En prenant soin de ne pas brusquer le circuit européen, il déversait son surplus de produits sur le marché riverain de l'Océan Indien.

Il incluait dans son parcours Les Seychelles, Les Comores, La Réunion et Madagascar. Il veillait aussi à ce que tous les produits émanant de son industrie soient visibles dans tous les magasins et les grandes surfaces locales. Sans oublier d'ouvrir une vitrine exclusivement réservée à ses produits, à l'Ile-Chair, cette dépendance trop longtemps resté en retrait du progrès et du développement. Il connaissait bien l'Ile-Chair pour s'y être rendu en maintes occasions. Il faut dire qu'il était, entretemps, devenu un fin gourmet, un consommateur chevronné d'ourites secs, de poissons salés, de limons, de petits piments confits dont seuls les îliens connaissaient le secret et excellaient en la matière.

On disait que la façon dont ces gens préparaient ces condiments, en y accommodant diverses autres épices, accompagnées d'herbes saisonnières, était unique dans la région. Leur conservation durait bien plus longtemps sans en altérer le goût et tout en préservant l'arôme naturelle.

Chapitre 11

En tant que patriote, sensible à la justice sociale, Rex Zaditen ne pouvait ne pas s'appesantir et déplorait l'état dans lequel l'Ile était livrée à elle-même, où tous les excès étaient permis, au su et au vu des autorités composées majoritairement des gens de chez-nous qui s'en fichaient pas mal des réalités îliennes. Dans l'euphorie de certaine mentalité, ces gens étaient faits pour servir dans les basses besognes et on s'en débarrassait après usage comme des produits jetables. On faisait en sorte de les reléguer aux oubliettes et les amoindrir graduellement par le bas. Ni vu, ni connu. Le monde continuait non moins de tourner...

Tous les prétextes devenaient possibles quand il s'agissait de fourvoyer l'esprit par des promesses tenues à jamais aux compte gouttes. On déployait tous les efforts pour bloquer l'avancement du peuple Ilien afin qu'il ne puisse avoir la prétention de rivaliser avec nous.

Dans un autre ordre d'idées, on donnait l'impression qu'on craignait un peu trop qu'il se rapproche de nous. Cela représenterait une force révélatrice indéniable au contact avec l'autre entité du même groupe ethnique existant déjà sur notre sol. Si jamais cette cohésion devenait une réalité, alors adieu à la prédominance de la communauté de tutelle, jusqu'à preuve du contraire... Néanmoins, tout cela ne justifiait pas que l'on accule tout un peuple au dernier retranchement de l'abstrait. Avec à l'esprit une manœuvre machiavélique pour amener une nation à s'auto-détruire et laquelle personnifiait en toute intégralité de droit, non moins, la nature humaine. Cela à cause d'une phobie de crainte que l'on prétendait ressentir eu égard à sa probable prolifération et à sa régénération certaine.

Cela était écœurant, inqualifiable et indigne de la nature humaine. Pleurs, ô peuple bien-aimé ! Cependant, « ne reste pas les bras croisés ; trouve-toi la solution, le moyen de faire valoir tes droits ! Réveille-toi ; déploie cette force qui sommeille au fond de chacun de tes frères. C'est un don de la nature et hurle, crie à gorge déployée ! L'écho de ta voix déchirante dont la vibration comme un roulement de tambours parviendrait à te faire entendre de par le monde. Alefa Iliens ! », expression témoignant de la révolte d'un penseur de passage dans l'Ile. Puisse ces vœux, comme un ultime cri de détresse, émergeant des profondeurs de l'âme, se réalise dans un proche avenir.

Certaines forces vives faisaient un formidable travail de conscientisation auprès de leurs frères et sœurs de l'Ile-Chair. Récemment, une délégation composée de quelques têtes fortes du mouvement était arrivée au pays avec la ferme intention de rencontrer le chef du gouvernement. Les membres ont été bien reçus en audience par le Premier Ministre, à qui ils avaient remis une longue pétition portant la signature de quelque 4000 habitants, constituant un document explosif, choquant, lourd, accablant de plusieurs centaines des pages. Dans leur revendication, les membres des forces vives, natifs de l'Ile-Chair, n'étaient pas passé par quatre chemins pour exprimer leurs griefs auprès du Ministre responsable. C'était toute une série de doléances qui paraissaient saper le morale et miner le peuple Ilien. De l'analphabétisation à l'ignorance, le contrepoids ne faisait pas de poids. C'est l'effet contraire qui en résultait et il était alourdi de vices divers : libertinage, drogue, viol, inceste, prostitution... c'était toute la promiscuité dans son ampleur.

L'avertissement a été donné, on ne pouvait être plus clair. La situation était devenue si cruciale au point que si on ne faisait pas diligence, au dernier recours, ce serait une explosion sociale où l'on ne pourrait s'attendre qu'au pire désastre. Le ras-le-bol en était tel que la situation exigeait que l'on passe de la parole aux actes...

Après avoir écouté dans un silence de mort tous ceux qui étaient venus pour faire entendre leur voix, le Premier Ministre, avec son éternel sourire, leur aura promis une courte visite bientôt, probablement au cours du millénaire pour passer en revue et voir, constater de visu toute cette situation qui perdurait déjà trop dans l'Ile. Heureusement ! Il était temps... La dégénérescence était repoussée ; les chaos étaient évités de justesse...

Ces Iliens n'étaient pourtant pas nés de la dernière pluie. Parmi eux, il y en avait bon nombre d'intellectuels, beaucoup de gens de génie, aspirés à la grande réalisation structurelle de leur dépendance. Certaines voix, et pas de moindres, se mesuraient déjà avec des slogans comme Indépendance, autonomie pour leur système de gestion... Attendons de voir ce qu'il en découlera.

Rex Zaditen était d'avis que malgré la vente limitée dans tous ces pays limitrophes de l'Océan-Indien, au bout du compte, cela ferait augmenter la demande et grossirait les chiffres d'affaires. Qu'on le veuille ou non, c'était une réalité qui se précisera davantage au fur et à mesure. Il faudra, pour le moment, apprendre à jeter du lest. De toute manière, avec le nouveau patron, on ne tergiversait pas. Si quelqu'un l'approchait avec un air de vindicte, de hargne, il prenait la peine de répondre, à l'irritation et à la provocation, en employant des méthodes contraires : non-agressives, stimulantes, naturelles, humaines... Car il pensait que sans l'encouragement, sans le concours, sans la participation de tout son personnel, du simple employé au haut cadre, son fabuleux projet de redressement et de relancement de l'établissement serait à l'eau. Son atout de confiance, c'est qu'il connaissait tout un chacun pour avoir été côte à côte pendant de longues années.

Là également, Rex a su conquérir l'estime de tous afin de pouvoir motiver ce qu'il y avait de génial et de productif dans cette masse de travailleurs. Pour arriver à cette hauteur, il a dû s'identifier avec chacun d'eux avant d'atteindre leurs fibres de sensibilité et gagner leur cœur à sa cause. C'était passionnant de le voir côtoyer, converser, discourir, expliquer avec de grands gestes significatifs, discuter tantôt à vive voix, tantôt avec une éloquence subtile, voire avec une bonhomie complice tout ce dont il attendait d'eux. Il lui a fallu être bien minutieux et faire preuve de compromis au lieu de confrontation comme il en existait tant ailleurs. Il lui a fallu s'exprimer avec tact et courtoisie. Il lui a fallu parler non pas avec sa bouche, mais avec son cœur pour dégager ces consensus tant cherchés et recherchés ailleurs chez les autres concurrents industriels.

Surtout, il lui a fallu un bon savoir-faire pour inculquer l'esprit du partage de la force productive équitablement à l'émolument mensuel. Ça, c'était un élément primordial. Il déclarait d'ailleurs, avec accent, qu'il existe une chose contre laquelle il est toujours vain de s'acharner : l'entité humaine. Le respect de soi passe par le respect de l'autre.

Si on pouvait considérer cela comme une arme, ce serait une arme de compromis et de succès dans les affaires, une arme de la réussite ! C'est l'unique complexe industriel où tout était chronométré, millimétré chaque mouvement de la main-d'œuvre ; où, en même temps, l'ensemble des machineries avec celui du personnel ne faisait plus qu'un dans l'allégresse de la sérénité et du plaisir au dévouement du travail :

« Un travailleur est avant tout un être humain. Il doit être considéré comme une entité humaine, à part entière. Vu sous cet angle, il ne doit pas être appelé à produire seulement... Il doit aussi savoir le pourquoi de sa production et par-dessus tout, sentir l'importance de sa main-d'œuvre au bon déroulement, à la bonne performance de la gestion de l'entreprise », selon Rex Zaditen.

Et il posait la question suivante : « Comment explique-t-on que lorsque quelqu'un travaille pour autrui, dès qu'il commence sa besogne, il ne pense qu'à l'heure où il va en finir ? La journée lui parait longue. Souvent, il manque d'entrain, l'énergie lui fait défaut. Il se fatigue vite. Alors que cette même personne, si elle faisait quelque chose pour elle-même, elle pourrait s'activer sans répit, ni lassitude, tout en chantonnant ou en sifflotant des heures durant, comme pour exprimer à la ronde son plaisir et sa joie dans l'exercice de son métier. Avec cela, accompagné de la gaieté et de la légèreté du cœur. »

C'est cet instinct passionnant, dévoué, acharné du travail bien fait qu'il voulait atteindre en chacun de ses employés. Chacun devait sentir qu'il s'acquittait de ses propres boulots pour la survie de sa propre entreprise. Chacun des ouvriers devait savoir qu'il défend, en fin de compte, ses propres intérêts... en défendant l'intérêt de son lieu de travail. Son idéal ? Côtoyer la perfection !

Il concevait la technique du développement et du progrès comme une entreprise à visage humain. Point en lui l'idée de substituer l'ingéniosité humaine au banal prétexte économique, rien que l'économie avec sa prolifération à brassée financière et autre gaspillage de fonds. Une responsabilité, somme toute, assez lourde de sens. Elle requérait un quota de risques évidents. N'importe qui serait d'accord toutefois de croire au danger potentiel lorsque l'on considère l'outillage de productivité dans une perception humanitaire.

Chapitre 12

Alors qu'il était à sa première tournée de prospection, en tant que directeur d'entreprise aux îles avoisinantes, Rex Zaditen rencontra Suhel à l'Ile de la Réunion. Secrétaire diplômée d'une institution spécialisée en Métropole, elle gagnait sa vie au sein d'une entreprise huppée de prêt-à-porter, à Saint-Denis dans un quartier d'intense activité. À première vue, l'attention de l'homme d'affaire était attirée par la fine chevelure de la jeune femme qui, coiffée en arrière, contournait les oreilles, dénudait un front altier jusqu'aux racines des cheveux. À coup sûr, c'était une impression exaltante. La chevelure lustrée comme de la soie avec un mélange de reflet exceptionnel, nuancé au soleil, était composée de deux longues tresses dont les bouts noués se terminaient en pompon et qui le chatouillaient, virevoltaient entre les jambes, à chacun de ses mouvements. C'était un délice d'admiration.

Avant toute chose, il avait songé à une perruque... Puis, à bien voir, à bien réfléchir, il se disait que cela ne pouvait être le cas. Car sur ce candide visage, super mignon, il y avait une intelligence qui pétillait la soif du vrai, de l'authenticité et de l'originalité. En d'autres mots, une tête pareille n'accepterait jamais d'être encombrée par une masse de cheveux superficiels, en perruque. Par contre, si c'était du naturel, cela aurait été normal de se donner la peine pour son entretien. Une chevelure longue, c'est une parure exaltante, aussi naturelle que délicate. Elle exige un travail de traitement à longue haleine : le bain de cheveux à l'huile de coco, le shampooing, le massage du cuir chevelu, le séchage après lavage, le coup de peigne, le démêlage, le brossage quotidien, sans compter le temps ainsi que tous ces soins coûtent à la personne. Autant en dépense énergétique qu'en terme d'argent.

Instantanément, l'industriel l'avait remarquée, un court instant d'observation, un moment de contemplation et Rex ne pouvait plus quitter la fille des yeux. Il s'attarda longuement sur elle et, à son insu, suivait ses conversations avec les clients et ses moindres va-et-vient entre les comptoirs, les étagères. Il n'arrêtait pas une seconde son investigation. Il suivait toujours la fille comme pour lire dans ses pensées. Il n'avait même pas eu le temps de déchiffrer son comportement qu'il succomba sous le coup de butoir du charme énigmatique, envoûtant, ensorcelant de la jeune femme...

— Mademoiselle, on vit dans un monde où l'on n'oserait plus croire au destin. Or, on est forcé... que dis-je, on est contraint d'y croire quand on a en face de soi une beauté si raffinée, si radieuse, si éblouissante, si exotique ! devrait-il déclarer à la jeune fille sans trop savoir d'où lui était venue cette audacieuse prétention.

L'éblouissante secrétaire/réceptionniste/vendeuse, auparavant toujours sûre d'elle-même, était pourtant prise au dépourvue en cet instant. Trop confiante dans la force de sa beauté qui, visiblement saute aux yeux, captive l'attention, facilite les dialogues, offre l'atout majeur dans ses nombreuses relations d'affaire avec le public. Elle ne s'enfle pourtant pas d'orgueil pour autant de cet avantage naturel certain... Toutefois, devant cet inconnu de l'île-voisine, c'est plutôt elle qui s'était trouvée dans une mauvaise posture. Alors que presque tout le temps, c'était elle qui embarrassait les gens. À son tour, présentement, c'était elle qui subissait l'embarras. Est-ce l'ironie du sort ?

Ne pouvant cacher la couleur pourpre qui envahissait en un clin d'œil son beau visage aux traits indéfinissables, elle devait se résigner, s'avouer vaincue. Malgré elle, elle avait dû baisser le regard, au fond duquel un trouble furtif s'était manifesté en une fraction de seconde. Elle essayait de trouver un semblant de mots pour répondre avec un accent tremblotant d'émotion dans la voix :

— Monsieur, au contraire, je pense plutôt que vous êtes habitué à faire de la distribution gratuite de guirlandes de grands mots et de belles phrases aux nombreuses filles que vous rencontrez nécessairement en raison de votre travail qui vous oblige à des déplacements sans cesse et, à des contacts de proximité auprès de la gente féminine... avait-elle ponctué, malgré elle, en se demandant comment elle avait eu autant de mots pour réagir.

Tout à coup, le contact s'était établi ; la confiance s'était instaurée... mieux, ce fut le coup de foudre. Comme toutes les filles ayant l'avantage d'un corps aux contours harmonieux, d'une personnalité fort dynamique qui ne passe jamais inaperçu et avec cela, une grande beauté qui éblouit, fascine, émerveille, Suhel couvrait elle aussi son rêve de femmes qui refusait le cloisonnement du mariage.

Personne n'oserait le croire : elle occupait cette fonction juste pour se montrer utile. Pourtant, elle s'acquittait à merveille et s'adonnait de tout son cœur, de toute son âme à son occupation. Autrement, elle s'étouffait dans son environnement immédiat. D'où elle voulait tout quitter, tout délaisser, tout abandonner et s'en aller au loin, tout au loin, partir dans un endroit le plus éloigné où elle pourrait s'épanouir en toute quiétude, en toute liberté sans jamais se préoccuper du qu'en dira-t-on, sans avoir à supporter ces regards malsains qui, en se braquant sur sa personne donnent la fâcheuse impression de la dévêtir, la mettre à nu.

Joindre l'utile à l'agréable est une question de temps limité pour Suhel. Cela ne pouvait perdurer. Pour éviter de se scléroser, elle s'empressait de se rattraper. C'était un peu la raison pour laquelle elle s'était fait inscrire dans une école de danse. Elle croyait trouver là un autre moyen d'évasion où l'air qu'on respire serait moins lourd de contamination.

L'Académie de musique et de danse s'érigeait au bout de la rue, à seulement quelques minutes de son lieu de travail. Ce qui lui a amplement facilité la chose. On y enseignait, outre toutes sortes de musique, la chorégraphie classique et moderne. Elle voudrait se sentir, se voir vibrer au rythme du déhanchement de la « kuthi pudhi », danse très prisée dans le sud de l'Inde. Tandis que pour le Séga typique, elle avait ça dans le sang. Depuis son très jeune âge, elle se berçait au son de la ravane et de la maravane avec un vigoureux jeu de hanches tournoyants, accompagné de mouvements en avant, en arrière, sur les côtés… Tous ces grands gestes étaient entrecoupés de cris, de clameurs et d'éclats de rire enivrant, au beau milieu d'un feu de bois crépitant d'étincelle, alimenté par le vent, activé à la flammerole sous le bleu d'un ciel sans nuages. La vie est telle qu'une existence entière serait insuffisante pour satisfaire tous ces caprices, tous ces désirs et encore moins pour combler toutes ces ambitions.

Avec ses longues tresses de cheveux aux variétés naturelles, fournies, lisses et brillantes qui lui battaient aux hanches dans une élégance en queue de cheval, accouplées en cela dans l'art de ses mouvements harmonieux, de son gracieux profil, de ses élancements rythmiques, il n'y avait de la comparaison qu'avec la déesse de la beauté et de l'amour. Son corps sculptural de danseuse, mettant en valeur la minceur de son physique élancé, aux seins à peine saillants d'une rondeur adoucissante, délicate, discrète, tout juste avec une nuance palpant, encore visiblement juvénile, lui donnait un accès de droit à la réalisation de multiples désirs qu'on aimerait voir se réaliser à cet âge de jouvence.

On parlait même de sa participation probable comme danseuse/mime, en vue de la célébration du millénaire au Caudan « Water-Front » et au « Méga-Show » avec extension probable de son art gestuel pour commémorer la énième fois « La Libération des Esclaves ». On parlait déjà de sa prochaine retenue pour la célébration de l'arrivée des premiers Coolies, débarquant à Apravasi Gath, au nord de Port-Louis, en provenance de l'Inde.

L'anthropologie nous rappelle que l'abolition de l'esclavage remonte à des centaines d'années en arrière. Plus précisément, en 1815 fut condamnée la Traite des Noirs lors d'un congrès à Vienne. Tandis que c'est maintenant que des philanthropes s'élevaient un peu partout pour commémorer la Libération des Esclaves et l'arrivée des Engagés Indiens pour travailler la terre, labourer les champs. Dans les deux cas, l'esclavage fut le plus à plaindre. Tandis que pour les Engagés Indiens, ce fut un choix. Cela n'escamotait pas pour autant l'amère réalité de leur existence de déracinés. Une fois les pieds touchant notre sol, ils devaient se résigner à être la bête de somme de grands patrons.

Ce serait injuste de passer sous silence que, malgré toutes les turpitudes qu'ils subirent, leur détermination, leur farouche volonté, leur acharnement au travail et leur piété religieuse l'emportèrent sur tous les autres méfaits inqualifiables de leurs conditions d'expatriés. Avec une patience extrême et une abnégation infaillible, ils surent façonner leur petit bonhomme de chemin.

La postérité est là, dans toute sa grandeur au diapason de la gloire, vivant témoignage, de siècle en siècle, d'année en année, d'une réelle transformation et d'une transmutation indéniables, qui fait que, des engagés d'hier avaient eu pour l'héritage le pays, dans sa globalité toute entière. Tandis que pour le natif de l'esclavage, après s'être délié de sa chaîne qui entravait sa liberté de mouvement, il n'avait pas su choisir sa destinée future. L'horizon lui était toujours si restreint dans son existence serviable qu'il s'était retrouvé dans une situation confuse.

Partout et tout autour, l'espace conviviale de l'esclavage se résumait en une enclave où dans tous ses déplacements, ils ne faisaient que tourner, et retourner en rond... La question qui se posait alors, c'était comment faire pour se façonner, se créer une identité d'esclave libre ? Comment s'identifier dans une société dépourvue de garde-fous, illimitée dans l'étendue et infini dans l'espace ?

Comment se pourrait-il en être autrement ? Car l'esclave se présupposait être à l'antipode de l'humanité. L'esclavage, c'était tout : de la bestialité dans la pire de l'expression. L'esclavage, c'était de la serviabilité dans toute son horreur. L'esclavage englobait tout ce qui était pervers à la nature. C'était tout et c'était de l'antihumain. L'esclavage, c'était se réduire à n'être moins que rien. Tout simplement rien si ce n'était se dénaturer, se subjuguer, se priver de son autonomie naturelle et s'annihiler de son identité humaine.

L'esclavage, c'était tout simplement l'épouvantail remplaçant la physionomie transparente, propre à l'homme dans tout l'entier respect de sa dignité humaine. L'esclavage végétait dans une condition toujours dépendante. Tout le temps, il était assujetti par les contraintes occultes qui façonnaient son destin avec la complicité de forces démoniaques. Jamais, l'esclavage n'était parvenu à comprendre l'expression du « moi » ou « je »... On avait tout simplement voulu l'enfermer, le cadenasser dans le sous-sol de l'ignorance pour mieux le réduire à l'état de la bête quadrupède. Dieu soit loué. C'est du passé tout révolu et enterré.

Et puis, en fouillant l'histoire de l'antiquité, de Rome, qui fut longtemps la maîtresse du monde via la Grèce, le Moyen Age jusqu'à notre ère, on pouvait prendre connaissance que chaque civilisation n'avait pas apporté seulement que du progrès, du développement et de l'expansion. Or donc, chaque civilisation a été fautive également de la prolifération de ses lots d'opprobre et d'atteinte à la souveraineté individuelle des êtres humains. Tout cela amène à confirmer que l'esclavage et ses séquelles ont toujours existé depuis le temps des temps... L'Italie ancienne (AV. J.C.) a elle seule connue trois révoltes d'esclaves dont la troisième fut fomentée par le non moins célèbre « Spartacus » !

Du temps moderne, l'esclavage sévissait encore avec plus de sournoiserie peut-être, plus de subtilité en ajoutant à cela davantage de mesquineries... et seules les modalités, les formes avaient subi du changement et dont les aspects répressifs ou tyranniques ont été disséqués, modifiés, camouflés, enrobés avec une superbe couche de psychologie en fonction de la discrétion de l'histoire en cours. Et l'on parlait de compensation due à l'esclavage ? Peut-on récompenser l'opprobre, la blessure intime : celle qui souille la dignité humaine... C'est comme demander au mort de revenir pour se refaire ou plus exactement réexpérimenter et pourquoi pas récréer une nouvelle biotechnie.

Chapitre 13

Au Caudan Water-Front pour être plus terre à terre, bien à l'aise dans le berceau du temps, Suhel jouait son va-tout : si toutefois, tout cela se réaliserait, quelle magnifique aubaine pour elle ; quelle réussite quand-même. Quelle perspective ? Cela serait une juste consécration eu égard à toute la passion avec laquelle elle s'adonnait à cet ensemble de mouvements corporels qui exprimaient toute sa volonté d'être et de son être dans une suite de tournoiements d'une mobilité gestuelle calculée, harmonieuse, expressive, universelle...

Ce qu'il y a de majestueux dans les divers pas de danse, c'est cette potentialité de pouvoir faire exprimer toutes les facettes de son corps en des mouvements lents, pleins de grâce qui, par moment, donne l'impression d'être emporté à travers l'espace en une envolée féerique. C'est quelque chose d'époustouflant. On oubliait toute la réalité. On se découvrait comme par enchantement dans une autre dimension. Condescendante, malgré elle, Suhel traduisait à travers ses chorégraphies l'harmonie sociale, l'unité entre les hommes, la paix universelle, la joie de bien vivre... Dans chacun de ses mouvements, elle essayait de faire de l'ombre sur les divers types de discrimination. Ses pas, ses tournures et autres postures devenaient alors automatiques et apportaient un enrichissement tant spirituel que physique. Cela devait être certainement très beau à voir et à méditer.

Combien de sacrifices n'a-t-elle pas consenti ; que des douleurs aux pieds et tout le long du corps ? Que des nuits passées dans la souffrance, sans fermer les yeux avant d'arriver à maîtriser ce noble exercice de la danse ? Avec ses belles enjambées et ses quelques tours de pirouette, elle s'imaginait voleter à aile déployée au pays de contes de fées. Elle rêvait au voyage. Elle rêvait au défilé de modes. Elle rêvait aux concours de beauté. Elle rêvait de planer dans les airs, de voguer aux cieux... Elle rêvait d'un paradis exquis. Avec quelle poésie berçait-elle toutes ces rêveries ?

Avec tous ces beaux rêves jalousement cachés et avec tous ces beaux songes intimement conçus, Suhel se remettait avec difficulté de la réalité qui s'offrait à elle. Sa distinction reflétait une éducation haut de gamme et bien rodée qui s'ouvrait sur une élégante performance à l'allure d'une noblesse majestueuse. Elle se savait douée d'une bonne dose d'intelligence et d'un esprit libéral qui lui donnaient une indépendante assurance de communication enviable. Toutefois, jamais l'idée du prince charmant n'était encore arrivée à lui triturer l'esprit, perturber son moral. Cela parce qu'elle croyait toujours qu'elle avait encore quelque chose à faire, à parfaire avant de se sentir prête à ce genre de rêveries amoureuses. Quoi que sa belle prestance attirait, accrochait, captivait les regards de tant hommes. Son tonus, son allure de haute voltige et du désintéressement apportaient aussi certaine crainte, certaine frayeur, certain scepticisme et naturellement écartait, éloignait, faisait fuir, décourager certains prétendants trop entreprenants, indigestes au clin d'œil.

Comment ne pas retourner quelques années en arrière pour se rappeler de ce charmant garçon blond à la voiture rouge décapotable qui, pendant plus de deux mois, lui emboîtait le pas, en vain. C'était un jeune homme d'une classe sociale élevée et il était du genre dont l'économie ne souffrait d'aucune égratignure. Riche ou pauvre, cela importait peu et Suhel restait de marbre. Elle avait certes de la pitié pour le garçon qui se situait au stade de démarcation entre l'adolescence et l'adulte. Elle avait de la peine pour lui. C'était si vrai. À part cela, rien que de l'indifférence. Le fils à papa ne faisait jamais partie de son jeu sur l'échiquier de la vie.

Suhel ne cessait de se poser des questions et n'arrivait toujours pas à comprendre comment celui-ci ne la laissait point indifférente. Malgré elle, elle se sentait attirée par Rex Zaditen et le craignait à la fois, compte tenu de la grande synergie de séduction émanant de l'industriel. Pourtant, on ne pouvait dire qu'elle ne connaissait pas bien les hommes. En raison de la qualité de ses occupations, elle en rencontrait autant tous les jours. On ne pouvait compter combien d'entre eux avaient tant de fois essayé d'avoir un petit signe d'encouragement d'elle ou un petit clin d'œil à la dérobée pour enhardir leur confiance, nenni !

Les avances de ces jeunes gens ne la dérangeaient nullement. Elle prenait un naïf plaisir à ignorer leur assiduité et leurs compliments flatteurs. Tout cela était quand-même un peu naturel chez elle. Elle ne se considérait pas totalement comme une jeune femme accomplie entièrement. À en croire que son enfance l'accaparait et l'accompagnait toujours dans ses démarches. Elle avait une étape encore à franchir, serait-on forcé à penser. Et la cause serait encore cet aspect juvénile qui lui collait à la peau comme une sangsue.

Chapitre 14

Rex Zaditen devait prolonger son séjour à la Réunion, à son plus grand étonnement. C'était une chose très rare qui devait lui arriver, quand on savait que son travail passait avant tout... On pouvait dire que lui également n'avait jamais songé au flirt. Encore moins à se laisser séduire aux combines des femmes, dont la plupart d'entre elles ne pensaient qu'au plaisir d'être entourées de bras virils pour ensuite succomber à l'envoûtement de la sexualité éphémère.

Lui, il était épris, trop épris de son travail... Il en avait fait la plaque tournante de son existence. Toutes les perspectives qui s'offraient à lui tournaient autour du travail. Du travail bien fait avec la complicité d'une conscience ponctuelle, appliquée. Il visait le perfectionnement professionnel qui implique la grâce, la passion, l'harmonie et l'art de la conception.

Oui, certes, tout comme tant de jeunes d'une certaine époque, il avait aussi connu ce petit goût d'aventure sans suite du lendemain. Malgré que pour lui, tout de même, c'était assez différent, non prévisible. Au nombre de ces flirts, il y a une idylle qui l'avait marqué d'une manière inattendue ; déconcertante, serait la mieux appropriée. On oserait presque dire à son insu, sans trop savoir comment, il s'était laissé entraîner sur cette pente qui lui avait procuré, à coup sûr, un plaisir délectable, inédit. Néanmoins, il lui avait également laissé des plaies qui l'avaient tourmenté longtemps encore. Cela remontait à une tranche de sa vie pré-adolescente, mais depuis beaucoup d'eau avait coulé sous les ponts.

Comme il était très gâté, très chouchouté, très dorloté par ses tantes, les problèmes avec les filles ne se posaient guère. Ses tantes étaient vues comme l'épouvantail par les jeunes filles des alentours jusqu'au jour où l'une d'entre elles, certainement la plus effrontée, échafaudait un plan pour se rapprocher de l'adolescent à l'air timide, crédule... Une fois seule avec lui, après avoir parlé de la pluie et du beau temps, elle essaya de lui parler de l'amour, du sexe... Rex était trop naïf pour comprendre où elle voulait en venir. C'était un sujet de conversation qu'il entendait si crûment pour la première fois. L'orgueil du jeune mâle, aiguillé par la soudaine curiosité anatomique, se laissait aller comme au rythme d'une poésie lyrique. Ses oreilles se faisaient réceptrices volontaires de toutes les notes chaudes et ardentes qui lui envoûtaient l'ouïe. Yeux mi-clos, sens en éveil, il abreuvait avec délectation l'enchaînement volubile des phrases susurrantes. Il essayait d'imaginer dans sa tête cette sensation voluptueuse de l'anatomie humaine. Cela ne pouvait ne pas faire sentir la chaleur qui montait en lui dans ce genre de situation.

Alors même que la fille savait déjà qu'elle avait en face d'elle une proie vierge, subtilement acquise à sa merci, vraiment tendre, excitante à croquer, tout en l'enflammant avec des discours sur la volupté sexuelle, elle avait pu arriver à sa fin. Seul la passion fougueuse et l'ardent désir de la sexualité seraient capable d'une audace surpassant toute retenue pour se fondre, s'annihiler dans la quête de l'extase. D'une main experte, douce, légère, chaude, faufilée à l'interstice grouillante de chaleur dans l'entrebâillement de son pantalon court, elle avait fait en sorte d'enflammer, sous la poussée d'une passion débordante, le frêle corps encore novice du garçon par des caresses expertes à un tel point qu'à la fin de l'étreinte, il sentait que sa tête allait exploser de plaisir. Du coup, tout se dérobait en lui et il s'était évanoui... Quand il reprenait ses esprits, peu de temps après, il jaillissait hors de lui comme un éclair. Il se dégagea, enfila son pantalon et se mit à crier à tue-tête, en toute naïveté :

— Que c'était bon ! Que c'était bon ! Eurêka ! Eurêka !

Cette affaire de dépucelage fit tellement de bruits dans le giron familial et causa un grand scandale parmi les proches que depuis ce jour, il ressentait une espèce de gêne et d'aversion auprès des filles dont il s'efforçait d'oublier l'existence. Une culpabilité, une honte indéfinissable l'avait envahi. Et, à chaque regard posé sur une fille, une urticaire lui causait de la démangeaison aux joues, au visage. Depuis, pour être plus franc, il essayait de s'éloigner des filles, d'ignorer leur présence. À un certain moment, à tellement fuir les filles, on le croyait chérir un autre penchant pour la chose sexuelle. Néanmoins, comme il avait un caractère fort bien mûri, cela ne lui causait aucun tort, ni aucun mal.

C'était une chose qui n'était pas du tout facile. Quand on sait que trop bien que l'aspect relationnel entre garçons et filles demeure un sujet tabou. C'est peut-être la chose la plus difficile de la vie, quand il s'agissait d'avoir des contacts de proximité avec les filles. Le plus grave problème de l'adolescence et, même du reste de tout âge. Il est des cas où le premier frottement à caractère sexuel débouchait sur un traumatisme, causant des préjudices à chaque épansement émotionnel qui pouvait durer des années avant de se libérer.

Nonobstant tous ces faits, fallait-il quand-même se rendre à l'évidence. On connaît l'adage d'occidentaux qui voulait que garçons et filles devraient être considérés comme l'élément positif / négatif, séparables, mais, qu'il tonne qu'il pleuve, demeurent parallèles jusqu'au bout. D'où comme l'électricité, les deux fils conducteurs se convergent, se rencontrent nécessairement pour faire jaillir la lumière ou pour faire fonctionner d'énormes machines qui sont les pivots du roulement industriel de l'univers entier.

Au fur et à mesure qu'approchait la maturité, aidé en cela du brassage mixte de la société, Rex s'était senti obligé, si ce n'était plutôt un besoin naturel d'accepter le voisinage féminin. Tout comme lui, il avait fini par croire que les filles ont, elles aussi, le droit au câlin, à la tendresse, à l'épanouissement. Il incombait bien plus à tout un chacun, qu'on soit garçon ou fille, de savoir comment gérer sa vie sans toutefois jeter l'ombre du doute sur celle de l'autre. C'était une pensée pleine de sagesse et d'amour donnant libre cours à toute responsabilité de l'acte entre sexe opposé.

Au bout de compte, loin de tous ces souvenirs du passé, la force de persuasion et l'attirance charmeur de Rex Zaditen l'avaient emporté. La méfiance et la froideur subtiles de Suhel devaient céder la place à une hardiesse galanterie. Comme dans le feuilleton télévisé, c'était vraiment beau, fascinant de les voir ensemble, se coller l'un contre l'autre, bras dessus-dessous, les mains entrelacées et leurs doigts qui s'entortillaient, s'enchevêtraient, se caressaient infatigablement à n'en pas finir. Suhel réprimait maladroitement sa joie de sentir à son annulaire cette bague sertie de diamants autour de la minceur délicate de son doigt effilé. Du coup, sa main paraissait se transformer comme celle d'une fée. Elle cachait si mal sa joie, son malaise qu'elle se voyait obliger de faire cette déclaration à Rex :

— Amour, je ne te cache pas tout mon plaisir, toute ma joie, ainsi que cette sensation de bien-être que me procurent ce sacré présent, lui dit-elle tout en caressant avec une certaine volupté la bague de diamant à son annulaire, mais...

— Chut ! Bouche cousue... Pas un mot de plus ! Cela n'est rien en comparaison de ce qui va suivre bientôt...

Contre vents et marées, on se serait obligé de croire qu'ils se connaissaient depuis longtemps, depuis le temps des temps. Il ne suffisait plus de se voir et de se rencontrer tous les jours, pendant tout le séjour, prolongé en urgence de l'industriel.

Il ne s'y passait guère un moment pendant la journée où l'on ne serait plus surpris de le voir pointer le nez à travers la vitrine du grand magasin, à l'intérieur duquel s'activait Suhel. À chacune de son apparition, la dulcinée cachait mal son plaisir de le voir. Et à chaque fois, d'instinct, sa main frétillante se portait sur son cœur comme pour l'empêcher de battre trop fort. Que de fois, malgré-elle, n'avait-elle pas rêvé derrière son bureau, encadré de verre fumé sculpté, de voir apparaître un beau jeune homme ou un prince charmant au seuil de cette porte où les va-et-vient s'amplifiaient d'heure en heure ?

Les mouvements dans le magasin connaissaient un apaisement seulement pendant la mi-journée, autour de midi, à l'heure du déjeuner pour reprendre, petit à petit, de l'intensité et ce, jusqu'à la fermeture à la journée close. Cela se passait ainsi avec les clients tous les jours. Et, tous les jours, on refaisait les mêmes gestes, les mêmes mouvements, le même va-et-vient... On s'attendait à la même scène de choix, d'échantillon, d'hésitation, de comparaison, de marchandage à l'infini... et dans tout cela, de la fébrilité à l'infini. Même scène également pour les passants : ils s'arrêtaient, jetaient un regard de gauche à droite, faisaient un peu de lèche-vitrine, regardaient l'enseigne de l'établissement, hésitaient encore, se penchaient en avant, lorgnaient l'intérieur avec de grands yeux et découvraient, tout ébahis, toute une gamme de produits raffinés de grande valeur... et, hors de leur portée.

Suhel, tête renversée en arrière, l'air absent pendant un moment et délectant en toute quiétude le vagabondage de ses pensées :
« Dieu a-t-il déchiffré le profond de mes sentiments intimes ? Suis-je tapée dans l'œil de Dieu pour qu'il exauce mes vœux ? » s'était pensivement cherchée à le savoir, l'heureuse élue du cœur de l'industriel.

La nature a fait en sorte qu'il existerait toujours des choses auxquelles nul être humain n'aurait jamais accès, quelle que soit la puissance de sa volonté, quelle que soit la force de son caractère, quelle que soit l'étendue de son savoir, quelle que soit la profondeur de sa science. À cela, l'homme devrait à chaque instant de la vie rendre un hommage éternel au Créateur des cieux et de la terre. Car dans son ambition démesurée, dans sa soif de domination, dans sa prétention d'étendre son contrôle à l'infini, dans son insatiable inassouvissement, il serait capable de s'autoproclamer roi des rois si ce n'est se déifier à la place de Dieu.

Il y a des moments où Rex Zaditen ressemblait à un homme pressé, toujours soucieux à l'économie du temps. Ce qui faisait de lui un homme plus prompt à agir d'instinct, dicté cependant par une sorte d'intuition qui le préservait des bêtises inconsidérées. Dieu merci. De la même manière, porté dans son élan, précipité un peu aussi par la circonstance qui arrange bien des choses souvent, Rex fonçait dans son amour pour Suhel et sans avertir personne, il avait pu la convaincre de l'épouser.

— Suhel, Chérie, tu m'as ensorcelé. Tu m'as envoûté. Tu m'as captivé. Tu m'as séduit au point où je dois me rendre à l'évidence que tu ne me laisses pas de grand choix. Je suis réduit, condamné à te garder, à t'avoir près de moi, à respirer, à mélanger ton doux parfum à mon souffle...

Rex interrompait un instant son beau discours pour triturer des regards les yeux de la fille avant d'enchaîner avec verve :

— Pour accomplir cet ardent désir qui me prend à bras-le-corps, m'envahit tout l'être en entier, sans partage, ni compromission, je me vois résigné à te faire une proposition, somme toute assez humble : je me présente à toi en cet instant décisif de ma vie comme le fier prétendant avec un seul et unique vœu dans mon cœur qui est celui de solliciter ta permission pour une demande en mariage. Je voudrais t'épouser. J'aimerais bien me marier avec toi, tout de suite pour ne plus nous séparer... Une fois pour toute, je voudrais t'appartenir, qu'on s'appartienne pour toujours, à jamais et ce, jusqu'à ce que seule la mort nous sépare...

La prétendante, Suhel, s'était sentie désemparée et ne pouvait plus se contenir. L'émotion lui faisait jaillir une coulée de larmes de ses yeux à la couleur de noisette, clignotant sous des paupières épilées à la chinoise et baignant son beau visage aux reflets tendres, rosés, à la pelure d'abricot. Ces larmes de vive émotion envahissaient son visage candide en des bulles perlées d'éclat et lui ravivait la nuance pourpre finement duvetée de ses joues. Elle en avait le souffle coupé. Son cœur battait la chamade à un rythme désordonné, palpitant, fol...

Que Rex l'aimait, elle n'en avait guère de doute là-dessus. Qu'il se montrait par moment trop entreprenant, cela non plus ne l'étonnait plus. Il y avait une sorte d'intuition qui ne trompait jamais. Surtout celle des femmes. Elle pouvait se fier à lui, en toute âme et conscience, à l'aveuglette. Ce qui l'inquiétait, ce qui l'embarrassait et la bouleversait, c'était cette demande à l'improviste, spontanée, déconcertante qui ne lui laissait aucune marge de manœuvre. Ce geste l'étreignait...

La jeune fille se sentait les mains nouées, le souffle coupé, la langue inerte, muette, bouche-bée. Elle demeurait longtemps à réfléchir. Il se dégageait d'elle une expression neutre, entretaillée de paroles incohérentes... Une sorte de confusion régnait dans sa tête. Cependant, elle voulait quand-même rassurer l'homme qui se tenait en face et qui n'attendait qu'un accent d'encouragement venant d'elle :

— Rex, c'est sûr que je n'ai aucun doute sur ton amour pour moi. Pour m'en convaincre, j'ai même osé croire au destin et je m'étais dit que notre ligne de rencontre était déjà tracée bien à l'avance. Là-dessus, je suis persuadée du bien-fondé de nos sentiments réciproques. Toutefois, je ne pouvais m'empêcher d'avoir une certaine frayeur à la pensée du lendemain. On se connaît à peine. On agit comme des enfants naïfs, crédules, insouciants... qui ne songent qu'à l'instant présent, sans des projets solides, durables. C'est comme si on ne s'était pas donné assez de temps pour mieux se connaître, mieux s'habituer, mieux se familiariser pour mieux se comprendre et mieux s'accepter...

À bout de souffle, Suhel enchaînait :

— Ma plus grande appréhension, c'est d'être incapable de te rendre heureux... Cela pour rien au monde, je ne tenais à en arriver là...Tu mérites bien mieux...

Du tic au tac, surpris de ce point de suspension à la volée, Rex renchérissait :

— C'est justement cela qui fait la force de notre amour. C'est cela qui nous surprend et nous captive un peu aussi . Néanmoins, la vérité demeure que nous sommes faits l'un pour l'autre . Qu'on le veuille ou non, il devait y avoir une force mystérieuse dans tout cela qui nous a permis de nous réunir pour sceller cette rencontre par les liens sacrés du mariage. Quelle meilleure garantie, quelle meilleure preuve d'amour que ce que j'éprouve pour toi et qu'on éprouve l'un pour l'autre ?

Qu'on le veuille ou non, on se questionnera toujours sur l'expression : Amour. On sait qu'il suffit de l'évoquer et on se sent pousser des ailes. On se laisse séduire par la sensation d'être emporté et transporté. Tout âge confondu. Néanmoins, est-ce cela l'Amour ? Ou encore suffit-il de croire qu'on est amoureux de quelqu'un pour engager toute son existence dans un contrat de mariage ?

L'Amour, c'est un mot magique. Le sens en est exaltant. La connotation laisse perplexe. C'est certain. Et pourtant, il y a bien d'autres expressions, telles qu'obsession charnelle, passion, désir ardent, volupté, plaisir, l'envie sexuelle, qui peuvent se trouver côte à côte et même se confondre avec les sentiments d'Amour. Toutefois, les gens sensés se garderaient de mélanger la sordidité à cette touche suprême qu'est l'Amour. À vrai dire, on se marie pour plusieurs raisons. Souvent, c'est l'attrait purement physique qui l'emporte et naïvement, on appelle cela de l'Amour. D'autre fois, c'est tout bonnement l'union culturelle qui attire vers le mariage et au nom de la foi à la culture, cela est enregistré sous l'appellation : Amour.

On appelle aussi l'Amour lorsque la beauté prime sur les autres considérations sociales en vue du mariage. Mais il y tant d'autres sources d'inspiration pour conduire un homme et une femme au mariage. Il y a urgence de se référer à cette œuvre immortelle « Physiologie du mariage » d'Honoré de Balzac où l'auteur étaye mille et une raison de mariage.

Chapitre 15

La Réunionnaise aurait voulu vraiment, sincèrement, cordialement trouver une échappatoire rien que pour gagner un peu de temps afin de mettre de l'ordre dans ses esprits, voir mieux dans ses idées... séparer les bons grains de l'ivraie dans sa pensée. Tout se fourvoyait, tout se chamboulait dans sa petite tête de femme-enfant. Elle voudrait bien, ne serait-ce qu'un instant, se renfermer en elle-même, prendre davantage d'air, aérer son imagination pour se décongestionner, se décontracter, se sentir plus à l'aise dans sa décision. En vain. Toute la subtilité employée et déployée jusqu'ici ne lui était pas suffisante pour pouvoir freiner, stopper l'assiduité amoureuse du prétendant. Rien à faire...

Rex maintenait son siège auprès de la fille. Il ne cédait pas un pouce de terrain. C'était un homme pressé qui voulait à tout prix finir une fois pour toute avec cette situation qui n'avait que trop duré, à son humble avis de profane. L'amoureux arrivait avec beaucoup de peine à prendre le dessus sur l'homme d'affaire. Dans son amour éperdu, il était devenu possessif et un rien de jalousie lui titillait l'âme avec un doute insupportable à l'esprit. Se montrait-il trop entreprenant ? Dans son étourderie, ne commettait-il pas une bourde énorme à trop faire preuve d'assiduité ?

L'hésitation qu'elle montrait, dont elle faisait preuve pour retarder la date du mariage lui causait un tel embarras que cela engendrait certaine méfiance. Il va sans dire qu'il savait qu'il y avait un bon nombre de mariages entre nos deux peuples qui n'avaient point eu le succès escompté, à long terme. Il savait aussi que beaucoup de ces filles ne songeaient qu'au confort matériel, qui n'avaient que l'amusement en tête, qui cultivaient l'orgueil d'appartenir et de s'approprier le nom d'une nouvelle famille. Ne parlons pas de cette autre catégorie d'entre elles qui sont des filles aux mœurs douteuses, et qu'on découvre leurs subterfuges après l'engagement sacré, une fois le contrat du mariage signé.

Aussi incroyable que cela puisse paraître, il en est de même des intentions des filles de chez nous qui font la même chose, une fois l'océan traversé. C'est du kif-kif. À chacun d'assumer.

À propos de tous ces risques qui pourraient surgir, Rex les avait déjà essuyés d'un revers de main. À son âge, des bêtises semblables, on n'en commettait plus. Dès son premier coup d'œil sur la fille, il avait fini de faire son jugement sur elle. N'importe qui dira n'importe quoi ; n'importe qui démontrera que la vérité est pervertie, transgressée avec la complicité d'un bref laps de temps dans une situation de tourmente amoureuse... Ce sera toujours dire n'importe quoi lorsqu'il s'agissait des émotions sentimentales. Qui disait que le cœur a ses raisons que la raison ne connait pas ?

Quoi qu'il en soit, c'est toujours question d'un être humain après tout, avec ses sentiments, ses émotions, sa sensibilité intérieure : celle du cœur et de l'âme. Rex, lui, serait-il possible de succomber sous des influences contraires venant de son milieu ? L'industriel avait abordé tous ces problèmes comme il soupesait, vérifiait, palpait une pièce d'étoffe avant d'en prendre possession. Il ne laissait jamais rien au hasard... C'était spontané. Pour lui, c'était une fille supérieure, parfaite à tout point de vue critique. Elle était une star, une diva... Elle était une fée. Elle était celle qu'on ne décrivait pas. Innominée, elle était celle qu'on acceptait telle qu'elle était, selon le portrait que l'on voulait faire d'elle. Elle était déjà moulée, modelée comme une statue de l'Antiquité Grecque. Elle était unique... elle était magique. C'était aussi la raison pour laquelle il n'avait point tourné en rond et il était allé droit au but. Il ne s'était pas embarrassé, à aucun moment, pour lui demander sa main en vue du mariage. Chez lui, c'était presque une démarche qui venait du fond de lui-même. Une démarche légitime. Et puis, autant que cela paraîtrait invraisemblable, Rex l'aimait déjà avant de la rencontrer. Il était déjà fou amoureux d'elle sans la connaître vraiment. Il fut un temps où il vivait en sa compagnie dans l'image chimérique de sa pensée, sans pour autant prévoir, rien qu'une seconde, qu'un jour en réalité, il allait se confronter avec une femme étrangère, en chair et en os, bien réelle celle-là, authentique, identique à tout point de vue avec celle qui avait pendant un bon bout de temps, bercé ses rêveries les plus folles.

Cette élue de rêve et de l'imagination n'était autre que l'une des héroïnes du feuilleton télévisé « Christelle Lambert » dans l'inoubliable saga de la production locale Voisin/Voisine. À une différence près que l'actrice semblait paraître plus jeune que Suhel. Elle était somme toute un personnage d'un grand talent, une starlette préconçue qui offrait aux téléspectateurs la vision d'un monde enchanteur, peuplé d'espoir, des promesses extravagantes, à l'emporte-pièce où tout rythmait, se synchronisait selon le bon vouloir du réalisateur. Que dire de la chanson du générique ? Un régal.

Alors, il était compréhensible qu'il s'accrochait, qu'il ne laissait pas échapper cette chance de l'avoir rencontrée, en chair et en os. C'était à prendre et rien d'autre. Il est de ces occasions uniques qu'on ne rencontre qu'une seule fois dans le cours de toute une existence… Comme la vie et la mort, on ne vit et on ne meurt qu'une fois !

Au bout du compte, c'était à quoi la fille avait également songé avant de s'arrêter à la décision finale. Non. Plus question de doutes, de faux-fuyants… Rex présentait sous tous les aspects tous les atouts que n'importe quelle fille de bonne famille souhaiterait croiser sur le parcours de la vie avec perspective sécurisante, à long terme, en vue du mariage. Si jamais, il y avait eu une réticence à la pénultième minute à propos de l'âge de Rex qui, à coup sûr, paraissait évidemment moins jeune qu'elle, cela n'avait donné lieu en aucune façon à des remarques désobligeantes. C'était sans grande importance. Il était de ces hommes dont seul comptait l'attrait du caractère et la force extraordinaire qui semblait jaillir de tout son être. Cela ressemblait presque à la deuxième jeunesse de la vie de l'homme. Elle n'avait donc pas le choix que cette acceptation matrimoniale qui lui tombait du ciel. Elle devait toutefois, obligatoirement, passer par ce chemin mystérieux, tortueux, hanté par des fantômes maléfiques, ensemencé de doutes de toutes sortes avant de dire « oui » pour toujours à l'homme de son cœur, l'élu de son destin. Elle avait triomphé de toutes ces épreuves avec prestesse et prouesse.

Le promu, Rex, n'avait à aucun moment mis en doute celle qui se destinait déjà à partager sa vie. Seulement, il y a un processus que la circonstance imposait et qui demandait à être respecté. Entre autres, la modalité, la mondanité oblige et la convention sociale. C'était chose faite. D'un commun accord, ils avaient décidé que la célébration du mariage serait faite dans la plus grande discrétion. Les parents de Suhel n'avaient posé aucun problème et avaient accepté toutes les conditions proposées par leur futur gendre. C'était Rex lui-même qui avait fait la demande auprès de Monsieur et Madame Datin, sans grande formule, ni fioriture, un peu semblable à un homme d'affaire qui venait de négocier une grosse commande et s'en frottait les mains avec délice. Suhel pouffait d'un rire à n'en pas finir, reprochant à Rex son manque de tact et de finesse :

— Rex, quand-même... un peu de manière, voyons... C'est ma main que tu sollicites auprès des miens en vue d'épousailles, remarque-t-elle, atteinte d'une émotion subite, tout en imbibant les gouttelettes de larmes perlées au bord de ses yeux rougis, brillant d'éclat innocent du bonheur.

Ce petit incident de formalité n'avait rien entaché et aucune agressivité n'étant déplorée de part et d'autre. Tout au contraire, cela a permis de détendre l'atmosphère et de consolider davantage leur point de vue sur toute l'affaire. Ainsi, le mariage civil eut lieu en toute simplicité au sein de la Mairie de St. Denis et cela, dans une intimité absolue, suivie d'une réception qui n'avait duré que quelques heures. Ce moment en était un, unique dans l'existence de chaque être humain qui pouvait être comparé à une résurrection, même si le mot semblait fort.

Lors du déroulement de la cérémonie, alors qu'on posait la traditionnelle question :

— Suhel Datin, êtes-vous décidée de votre plein gré de prendre pour époux M. Rex Zaditen, ici présent, jusqu'à ce que la mort seule vous sépare ?

— Oui. Je le veux bien. Nous nous sommes promis de rester ensemble même au-delà de la mort...

À l'écoute de cette phrase enchanteresse, on entendait une clameur de joie et de gaieté qui se soulevait parmi les quelques invités avant de se répandre en écho dans la salle. À la question suivante, adressée à l'époux, M. Rex Zaditen, habitant de l'île-voisine :

— Êtes-vous décidé de votre propre gré, sans aucune contrainte, de prendre pour épouse, Mlle Suhel Datin, ici présente jusqu'à ce que seule la mort vous sépare ?

— Oui. Je le veux bien. Nous nous sommes promis de rester ensemble de la vie au trépas...

Suhel Datin était l'unique héritière d'une famille semi-bourgeoise dont les parents menaient une vie de retraite bien méritée après avoir bossé dur durant la jeunesse de leur vie commune. Ce n'est qu'après quinze ans de mariage qu'ils avaient mis au monde la seule enfant qu'ils souhaitaient à jamais. Philosophes, ils n'avaient pas voulu enfermer Suhel dans le cocon d'une existence à la bourgeoise. Ils lui avaient donné une éducation libre, plus terre à terre. Ils passaient leur vie à regarder Suhel vivre son existence comme l'éclosion d'un pétale qui se renouvelait et s'épanouissait chaque jour un peu plus, sans avoir à aucun moment à lui reprocher quoique ce soit, tout en sachant qu'elle pourrait les quitter n'importe quand pour s'en aller ailleurs, répondre à l'appel du destin... Et, lorsque ce moment était arrivé, ils n'avaient opposé aucune résistance. Ils avaient béni le départ de leur fille du toit familial avec beaucoup d'effusion et maints souhaits pour suivre son mari dans son pays d'accueil qui allait devenir aussi le sien...

Chapitre 16

Après trois quart d'heure de vol à peine, l'Airbus d'Air-France émergeait des nuages pour faire son apparition comme un immense oiseau de proie dans le ciel du pays voisin. Les bruits sonores du moteur allait en s'amplifiant. L'appareil qui grossissait au fur et à mesure de son approche, amorçait sa descente en ligne droite, atterrissait déjà à côté de la grande piste nouvellement aménagée à l'intention des avions cargos à fort tonnage, de l'Aéroport de Plaisance.

À l'instant, après la procédure douanière et du département de l'immigration, alors qu'ils s'avançaient à grande enjambée pour gagner la sortie, la nouvelle madame Zaditen ne pouvait retenir un sentiment d'extase en découvrant les innombrables étagères des boutiques « duty free shop » et autres innovations apportées dans l'enceinte de la grande salle d'attente. Cela n'a rien à envier à un Aéroport de dimension internationale.

Avant, il fallait jouer des coudes pour se frayer un chemin vers la sortie. Alors que maintenant avec tout ce changement apporté, on quitte l'enceinte de l'Aéroport un peu trop facilement même. C'est de bonne augure pour les trafiquants de toutes sortes. Il n'est un secret pour personne que la plaque tournante de divers réseaux de drogues transitait par notre Aéroport vers d'autres pays. En tout cas, les parents qui venaient accompagner les leurs pour le départ pouvaient leur faire les adieux à l'intérieur de la grande salle d'attente en toute liberté. Tout à fait à l'aise également pour ceux qui viendraient accueillir des amis ou d'autres proches. En toute quiétude, sans se soucier d'être exposé aux intempéries versatiles du climat de cette région, ils pouvaient prolonger leur présence indéfiniment. À l'extérieur, l'attraction ne manquait pas pour se distraire. Et, si l'envie de se mettre quelque chose sous la dent se faisait sentir, tout juste à côté, il y a des snacks bien achalandés pour tous les goûts.

Contrairement à la plupart des passagers qui débarquent, foulent le sol après un laps de temps passé en dehors du territoire où des parents, papa, maman, sœurs, frères, cousins, cousines, si ce n'est belles-sœurs, beaux-frères, venaient les accueillir, guettaient leur arrivée, scrutaient chaque personne qui gagnait la sortie, trépignant d'impatience pour reconnaître le visage familier avant de les voir soudain émerger du lot, surgir, apparaître... alors qu'eux, Rex et Suhel n'étaient point attendus par quiconque.

Jaloux de son indépendance individuelle, Rex n'avait mis personne au courant de son mariage, ni de son arrivée à côté d'une super merveilleuse femme à son bras. Probablement, à la première occasion, il aurait à envoyer des faire-part, de gauche à droite, pour annoncer ses épousailles, formalité oblige.

Un taxi les emmena vers l'ouest en direction du Morne-Brabant après avoir fait une courte escale à Gris-Gris où la vue de la mer en contre-bas était splendide, radieuse, si ce n'était tout simplement un panorama océanique extraordinaire. Ayant pris place sur un banc de pierre en surplomb, ils se laissaient fouetter, baigner le visage à la rafale des vents forts qui surgissaient, soufflaient de l'océan avec son évanescente émanation saline aux lèvres due aux vagues successives qui heurtaient, se fracassaient avec violence contre la masse rocheuse.

La curiosité était si vive ce jour-là pour Suhel. Tout ce qui s'offrait à sa vue et tout ce que ses yeux lui faisaient découvrir était nouveau, beau, magnifique, resplendissant. Tout l'intéressait et elle s'émerveillait de tout. Elle dévorait tout avec ahurissement. Elle frétillait de candeur. Elle pétillait de plaisir. C'était une toute nouvelle vision de l'existence dont elle venait de prendre connaissance et qui s'offrait à elle. On aurait dit une enfant partant à la découverte d'un nouveau monde. Elle partait, s'élançait à la découverte d'une nouvelle dimension de la vie.

À un moment, ne pouvant se contenter d'admirer et de contempler, à partir d'en-haut, toutes les beautés éparses autour d'elle, Rex avait dû l'accompagner pour descendre le sentier sinueux, rocailleux, en terre battue afin de lui satisfaire une capricieuse envie de faire trempette aux vaguelettes s'écrasant sur le bord du rivage. Elle enlevait ses survêtements, devenus trop encombrants et les balançait par-dessus la tête que Rex retenait en plein envol ! Il les rangeait avec tendresse et les posait en porte-manteau sur son bras gauche. Alors que de l'autre main, il retenait sa femme dans la descente, devenue trop brusque par endroit. Une chute dans un moment pareil ? Il n'en était point question !

Elle voulait sentir, voir la mer buter, déferler à ses pieds. Elle voulait être en contact direct avec le sable fin qui pétillait, fuyait sous ses pas à chaque reflux, créait en elle une légère impression de griserie et de vertige. La sensation physique qui en découlait lui causait un agréable picotement aux jambes et lui chatouillait tout le long du corps. Frétillante, elle gambadait, dandinait, prenait du plaisir à jouer pieds nus, sans craindre d'être entaillée aux talons avec des coraux ciselés ou des pierres pointues. Elle sautillait entre les vaguelettes, chaussures à la main, bras écartés, les cheveux retenus en queue de cheval se balançaient, s'éparpillaient, se détachaient en mèches désordonnées qui s'envolaient dans les vents, indifférents aux ressacs gonflés de mousse en ébullition.

Rex la contemplait avec une douceur amoroso, charmé de suivre Suhel dans ses ébats avec l'océan. De temps en temps, il ramassait un caillou qu'il lançait à la mer, comptait les rebonds et suivait les ricochets entre les clapotements des vagues… Il était ému et sensible de voir sa femme se divertir, s'amuser comme une enfant qui voyait la mer pour la première fois dans son existence. En ce moment, en son for intérieur, il aurait aimé avoir auprès de lui un proche, un frère ou un ami cher qui aurait été témoin privilégié de son immense bonheur. Plus que du bonheur, c'était de la béatitude.

Il la laissait faire et se sentait embarrassé, confus d'interrompre cet instant de bien-être. Il devait toutefois l'interrompre, la mettre en garde contre la piqûre des oursins qui abondaient dans ce parage. C'était vrai et puis, c'était une raison si valable pour atténuer son ardeur et la ramener à la réalité...

La baignade était défendue en ce beau lieu de rêve. L'endroit était houleux, dangereux vu qu'il n'existait pas de barrières coralliennes du brisant pour freiner la puissante force ondulatoire du grand bleu. Cependant, on était compensé par l'écran télescopique qui s'ouvrait à perte vue.

En chemin, Rex se retenait de lui parler du musée de poésie qui se trouvait sur le même parcours. Ce musée était érigé en mémoire du célèbre poète Robert Edward Hart. À l'intérieur duquel, était enfermé, exposé au public visiteur l'ensemble des œuvres poétiques et littéraires du grand homme disparu. C'est un héritage qui l'immortalisait dans la postérité universelle.

Connaissant l'âme sensible de Suhel pour la prose et la poésie, elle ne manquerait sûrement pas de conjurer son mari pour une visite. L'époux avait déjà songé à revenir avec elle une autre fois. Il y avait tellement à feuilleter qu'il faudrait une bonne mi-journée. Et faudrait-il croire que celui qui demeurerait insensible à la littérature serait un être incomplet. Une bagasse.

Un quart d'heure plus tard, ils quittaient Gris-Gris, s'arrêtaient un court instant au jardin Telfair, autre endroit de loisir et de détente, havre de paix et de fraîcheur pour certains. Ils s'attardaient un peu à la hauteur de l'estuaire pour admirer la rencontre de deux courants d'eau, dans un brassage infini à l'échelle du temps : celle provenant de la rivière était douce et celle de la mer était salée. En se mélangeant, ces eaux devenaient saumâtres...

Un moment à peine, le temps de faire quelques pas au bord de la rive, de respirer un grand coup d'air pur que la nature offrait si généreusement en cet endroit pittoresque. Où la verdure champêtre fait bon ménage avec toute l'abondance aqueuse de l'estuaire. Suhel sentait l'amertume de ne plus avoir cette belle voix pour pouvoir exprimer en une chanson tout ce qu'elle ressentait en cet instant lyrique de son existence.

« Guanetanamiira… Namira… guaanetaanamiiiraa… », étrange mélopée qui hantait toujours les moments de rêveries dont elle fredonnait la chanson, à tout bout de champ, alors qu'elle n'avait que quinze ans. Tout comme tout a une fin, avec l'avancée de l'âge, Suhel avait tout doucement rangé cette composition sentimentale. Non pas dans les réduits, aux greniers, sûrement tout au fond d'elle-même, car elle sent de temps à autre les rythmes de quelques notes lui tremblotant, au bout de ses lèvres.

En grandissant, elle trouvait que la chanson sonnait faux dans sa voix. Le rythme n'y était plus… Et pourtant, elle sentait comme une vibration qui lui faisait frémir et soulevait son être tout entier, à chaque fois qu'elle entendait cette chanson, que ce soit à la radio, à la télévision ou venant de la bouche de n'importe quel type… Cette chanson avait bercé une bonne tranche de sa vie d'adolescente. Pourtant à cet âge où l'imagination était encore fébrile et on la croyait douer pour l'a capella.

Chapitre 17

Le passage de la voiture à Baie du Cap était époustouflant ! Le temps d'un court arrêt pour escalader le monticule escarpé de granite qui faisait saillie sur l'océan avec son éparpillement d'énormes pierres détachées, jadis, de la falaise en surplomb, escarpée aux aspérités effrayantes. Par moment, la brise était si forte, si intense au sommet qu'il fallait s'accrocher de toutes ses forces contre la paroi des rochers. On courrait le risque d'être emporté, projeté en contre-bas, dans la pleine tourmente des ressacs violents de la mer... On ressentait des frissons. Et malgré la sublimité du panorama qui s'ouvrait, qui s'étendait, qui s'élargissait vers l'horizon, Suhel et Rex avaient dû regagner leur voiture, afin d'éviter les risques d'une mésaventure, le visage tout ruisselé d'eau de mer.

— Rex, si on n'avait pas fait la traversée en avion, j'aurais osé croire que tu me faisais faire le tour de l'île de la Réunion, en voiture. Il y a tellement de ressemblance et de similitudes entre nos deux îles, ne pouvait s'empêcher de clamer la jeune mariée.

Le taxi continuait sa route serpentant, en corniche sous l'égide prolongée des falaises abruptes, érigées d'arbres et couvertes de champs de verdure, de broussailles, d'aloès avec leurs épaisses feuilles charnues terminant en aiguille dont la piqure est atroce, lancinante.

De la touffe d'aloès s'érigeait l'unique tronc vert, long, étroit, lourd, pesant et qui s'amincissait au fur et à mesure avant d'aboutir en pointe. Ce même tronc, à l'état sec, devient léger, rigide, craquant. L'écorce est rugueuse, effritée, laminée et, à l'intérieur, aussi invraisemblable que cela puisse paraître, elle est spongieuse. On s'en sert souvent pour alimenter le feu à cause de sa prompte inflammabilité. Dans sa maturité, le tronc se courbe sous la pesanteur de multiples bulles, à l'aspect de tubercule qui germaient, poussaient à même l'arbre en forme des clochettes entre les diverses tiges, sortant de part en part et qui terminaient tout au bout comme une brassée en cadence, bercée au fouettement des vents. Quand les bulles devenaient assez fermes avec leur germe, elles se détachaient, tombaient et repoussaient au contact de la terre pour devenir de grandes pousses d'aloès. Elles s'enracinaient partout, n'importe où et parfois à même dans les creux des rochers. C'est ainsi que les aloès se parsemaient en une abondance démesurée dans la nature asséchée, au pied aride des falaises !

Il y avait tellement d'aloès dans les montagnes qu'autrefois, il existait des usines spécialisées, un peu partout, pour le traitement de ces feuilles. Cela consistait à écraser l'épaisse feuille verte et d'en extraire le fil de la bagasse. Ce fil, lavé au préalable, amassé en paquets, rangé, éparpillé sur une longue corde, était exposé à l'ardeur du soleil pour le séchage. Une fois cette procédure terminée, le fil était utilisé pour la fabrication de sacs dont on se servait pour remplir le riz, la farine, le sucre et des produits d'ammoniac, entre autres.

En levant le regard à certains endroits escarpés de certaines crêtes de la montagne, on ressentait une peur tenaillante avec les décalages accidentés d'énormes pierres, presque suspendues et qui, à tout moment, pourraient être cause d'avalanche, d'éboulement fatal...

Parfois, la masse d'alluvions, composées de terre détrempée, de boue, des cailloux, des graviers, des sables, des limons avec ses débris de pierres qui se détachaient des flancs de montagnes, dévalaient la pente, balayaient arbustes et touffes d'herbe sur leur trajectoire dans un vacarme qui se répandaient en écho aux alentours pour venir s'entasser, s'amonceler, se coucher en tas au beau milieu de la route. Il arrivait que la route reste bloquée pendant des heures et des heures. Il fallait dégager avec diligence des pelleteuses pour tout déblayer afin que les véhicules puissent continuer leur va-et-vient. Sur les antennes radio, on entendait alors l'émission s'interrompre pour annoncer un flash d'information :

« Les automobilistes roulant en direction de la côte ouest sont avisés qu'il y a un important éboulement de terrain qui bloque complètement la route sur le passage étroit entre la mer et la montagne. Les autorités travaillent d'arrache-pied pour rendre praticable cette partie de la route. Dès que nous aurons d'autre nouvelle, nous vous tiendrons au courant de l'avancement des travaux en cours. Nous regrettons tout inconvénient causé aux automobilistes... »

De l'autre côté, c'était la nappe étendue des eaux de l'océan en agitation continuelle avec l'immensité de ses lames de fond envahissantes et de ses clapotements aux reflets brillants sous le contact du soleil couchant de ce bel après-midi crépuscu-laire qui s'étirait, s'effaçait dans une indifférence coutumière. La voiture était prise d'assaut par les vagues successives qui butaient contre les rochers en bordure de la route. Les sur-plus de la rafale fouettaient le flanc gauche et à certain mo-ment allant jusqu'à inonder, surprendre les passagers, cou-vrir entièrement la voiture. L'essuie-glace devait être porté à la vitesse maximum. Même les occupants, à l'intérieur, rece-vaient des rafales d'eau saline à travers la vitre de la portière et leurs lèvres en étaient tout humectées. Un peu plus devant également, même en temps normal, la traversée en auto frô-lait le rivage et toutes les vitres devraient être remontées si on ne voulait pas recevoir l'éclatement des vagues aqueuses en plein visage.

On s'écartait peu à peu de la proximité de l'océan. Le chemine-ment était en ligne droite et on n'avait même pas su comment et quand on avait traversé le radier de Makondé qui, en marée haute était inondé, représentant ainsi un vrai danger pour le passage des voitures.

Il y avait, dans un passé pas trop loin, un autocar bondé de passagers qui avait fait naufrage en plein milieu du radier. La mer houleuse avait dépassé son niveau normal, ce jour-là. Le radier se trouvait confondu avec les flots grossissant de la montée des eaux. Habitué à cet état de chose, le chauffeur, mine de rien, en s'approchant de la plateforme du radier, ralentissait l'autocar pour pouvoir enclencher sa vitesse en première. Tout comme il le faisait à chaque fois qu'il y avait débordement, afin d'affronter avec un moteur poussé à l'extrême pression, l'obstacle aquatique tumultueux. Mal lui en prit, ce n'était qu'en s'avançant, quoique lentement avec la précaution rigoureuse obligatoire pour la circonstance, qu'il pressentait, cette fois-ci, le vrai danger que l'autobus courait... D'une part, il y avait un fort courant d'eau boueuse qui dévalait la falaise en cascade en même temps, pour former une avalaison qui, à son tour déversait son surplus torrentiel dans l'embouchure avec la mer dont le radier servait à franchir l'obstacle.

Néanmoins, ce jour-là, avec la marée haute et la profusion d'eau qui faisaient rage, le radier était couvert et ne faisait plus qu'un avec le niveau de la mer. L'autobus oscillait sur place, les pneus patinaient et l'énorme machine ne bougeait pas d'un pouce. Le chauffeur, malgré toutes ses manœuvres, ne pouvait plus faire marche arrière. Il était déjà trop tard quand il réalisait que la puissance de l'eau tirait l'autobus hors du radier et l'attirait avec force dans la mer... Il lui fallait à tout prix garder son sang-froid pour ne pas semer la panique chez les passagers. Il appuyait sur l'accélérateur tout en tournant le volant vers la droite. Il croyait qu'en prenant dans ce sens, il entraînerait le bus vers l'autre bord... Ce fut le sauve-qui-peut général !

L'arrière du bus était alors déporté par cette manœuvre et les quatre roues se trouvaient calées aux creux de grosses pierres, en contre-bas du radier. Comme l'eau était boueuse, on ne distinguait rien de l'obstacle sur lequel l'énorme car était coincé. L'autocar avait fait un tête-à-queue. Le conducteur avait agi vite avec courage et détermination. On était au beau milieu du radier. Il laissait le moteur tourner et exhortait les passagers à se replier vers l'arrière pour augmenter la pesanteur. Ce faisant, il immobilisait le bus et le contraignait à demeurer fixe, malgré le harcèlement des vagues. C'était ainsi qu'il gagnait du temps pour lancer le S.O.S. et, une demi-heure plus tard, le camion dépanneur, gyrophare tout clignotant arriva en toute urgence, dans l'autre sens, avec ses équipements ultrasophistiqués pour tirer l'autobus de la mauvaise passe et sauver ainsi tous les passagers. Tous les rescapés étaient indemnes, aucune trace d'égratignure. Ils étaient toutefois quittes pour l'angoisse et la peur qui auraient pu causer l'arrêt du cœur chez certains parmi les passagers. Le chauffeur recevait toutes les félicitations des dépanneurs pour le sang-froid observé tout le long du calvaire. Les passagers de même, une fois à l'abri, ne lui tarissaient pas leurs éloges :

— Le chauffeur a fait preuve d'un sang-froid extraordinaire ! disaient-ils à l'unisson.

Conscient de cette menace imminente, virtuelle, pour les nombreux véhicules qui risquaient, à tout moment d'être emportés, le gouvernement parlait du projet de « Lifting » incessant du radier. Il faut croire que ce n'était point une promesse dans le vent. La négociation était en cours. L'appel d'offre était déjà lancé. Le résultat était presque-là... Une chose était sûre et certaine : plus un projet est coûteux, davantage on est rassuré de sa réussite. Puisque la commission à percevoir suffirait amplement à garantir l'après retraite de la personne, à laquelle, devait parvenir la finale décision. De plus, elle pourrait être affublée d'une médaille de mérite pour ce laborieux projet d'intérêt national. C'est comment dire, certain a perdu le sens de l'intégrité et de l'honnêteté dans ce pays.

Chapitre 18

Sur les conseils du chauffeur de taxi, Rex et Suhel acceptaient d'être déposés sous le porche d'un établissement hôtelier 5 étoiles pour passer quelques jours de lune de miel. L'accueil qui leur était réservé était plus que chaleureux, charmant avec de la gentillesse, accompagné des guirlandes au cou, en prime. À peine avaient-ils mis pieds à terre, qu'une hôtesse s'empressait de leur offrir du rafraîchissement au lait de coco, tandis que deux porteurs emportaient leurs valises. Après avoir rempli leur fiche d'hébergement, ils s'étaient dirigés directement vers leur chambre pour un bon repos.

L'avant dernière nuit, précédant leur départ du bungalow, Rex et Suhel avaient voulu prendre connaissance du déroulement de jeu au Casino qui dépendait de l'établissement hôtelier. L'accès à la salle des jeux était gratuit pour les clients vacanciers, séjournant à l'hôtel. C'était probablement la raison pour laquelle ils avaient voulu satisfaire leur curiosité puisque, ni l'un, ni l'autre, ne savaient quoique ce soit de cet univers où l'argent régnait en maître. Personnellement, Rex s'était tenu toujours loin des jeux de hasard... même la loterie ne l'a jamais intéressé.

Ce soir-là, Rex avait fait exception et s'était habillé en sweater au col retourné pour se donner l'air d'un homme décontracté, disait-il à sa femme lorsqu'elle lui fit des commentaires sur sa tenue. Il était tout autre. Il était beau et paraissait comme un jeune homme mondain, comme le veut la tradition dans ce milieu de gala où tout coulait à flots. Suhel ne quittait pas Rex de loin. Elle lui talonnait le pas en arborant un ensemble blanc en lainage qui lui moulait son corps élancé, assorti côté cœur de l'unique œillet mauve, comme seul ornement. Chaussée de hauts talons, elle marchait avec déhanchement dans son étroit habit qui mettait davantage en valeur sa personne. Pour cette soirée exceptionnelle, elle avait également changé de coiffure.

Elle avait fait une sorte de chignon qui lui ramassait toute la masse chevelue pour être ensuite rabattue sur la tête et retenue avec de grosses barrettes, ornées de trois petits cœurs... C'était comme un bouquet de fleurs.

Un châle de mousseline avec des ourlets finement travaillés lui était jetée sur les épaules et dont les deux extrémités, en se nouant, étaient rabattues en arrière pour garder au chaud la nudité du cou, sans aucuns atours, ni d'aucun pendentif ou autres ornements aux bras, si ce n'était son bracelet montre dont elle ne se séparait jamais. Avec ce changement apparent qui dégageait d'elle un air d'ingénuité candide, Suhel était à croquer sur le champ.

On disait qu'aux Casinos, les gens jouaient de l'argent comme les enfants jouaient aux billes. Rex et sa toute nouvelle femme ne faisaient que regarder les multiples tables de jeu, allant des roulettes, en passant par le blackjack au poker avec l'air songeur et soucieux pour tous ces joueurs invétérés que le vice des jeux avait accaparé, subjugué, anéanti. Ne parlons pas des machines à sous, alignées l'une à côté de l'autre en rangées de centaines avec leur manette qu'on basculait à chaque fois qu'on y introduisait une pièce sonnante et trébuchante avec espoir que cette manœuvre ferait dégringoler une avalanche de diverses pièces au profit du joueur. Des gens faisaient queue pour attendre leur tour devant chacune des centaines de ces machines à sous. Il fallait savoir que pour une dizaine de gagnants, il y a une centaine de perdants. Parfois, on perd vraiment gros. Dans ce milieu, la somme de cent mille ou deux cent mille roupies ne signifie point grand-chose. La provenance de cet argent n'offusquait personne. Silence, on tourne.

Au siècle dernier, la valeur des jetons était limitée. Alors qu'au tout début de l'An 2000, on pouvait trouver preneur à partir de vingt-cinq roupies jusqu'à dix mille roupies l'unité. Et, il y a bon nombre de gens qui jonglaient avec des jetons de cinq, dix mille roupies comme si l'on achetait un billet de la loterie verte avec la ferme conviction qu'on détenait le numéro gagnant du premier lot.

Rex et Suhel ne comprenaient rien à tout ce qui se passait. Ils n'avaient des yeux que pour voir tout un chacun caresser, souffler, embrasser avec frénésie les jetons qu'ils tenaient serrés à la main comme une précieuse relique avant de les placer, après moult hésitations, sur le tapis vert quadrillé de divers chiffres numériques... On fermait les yeux, on priait Mammon avec ferveur en joignant les mains serrées l'une contre l'autre et en faisant mille et une promesses, en son for intérieur. Lorsque l'on écarquillait les yeux avec maintes hésitations pour voir le numéro sortant, que l'on serait l'heureux gagnant ou le malheureux perdant, les mille et une promesses de l'instant disparaîtraient furtivement dans l'interstice des oubliettes... Silence, on tourne.

Le maître de jeu s'agitait et passait son temps à lancer la ronde et ne cessait de répéter :

— Faites vos jeux, faites vos jeux... Rien ne va plus... Allons, Mesdames et Messieurs, rien ne va plus...

Il y avait aussi les croupières dont le rôle est de mettre à l'aise les clients, les encourager dans leur choix et décontracter l'atmosphère ambiante. Et parfois, leur rôle devenait délicat et consistait à consoler les malheureux perdants en essayant de les convaincre, de les faire croire que la prochaine fois ce sera la bonne. Il arrivait aussi qu'elles encaissaient de jolis pourboires quand les clients quittaient le Casino avec les poches pleines de gros billets gagnés par dame chance.

C'est ainsi que tout cela se faisait dans une atmosphère saturée, entrecoupée de bruits de grêlon, causés par le maniement et le fractionnement des jetons, le tressautement des dés sur le tapis et le roulement des billes au creux du plateau tournant de la roulette. La masse d'air à l'intérieur de la salle de jeu était compacte, lourde, empuantée d'odeur de vin, de whisky, de la fumée bleuâtre des cigarettes, provenant tout particulièrement des Gitanes et des Gauloises dont l'odorat était insupportable aux narines sensibles. Toutes ces odeurs nocives, combinées aux divers parfums chers aux femmes ne suffisaient pas pour autant à alléger l'oxygène qu'on respirait au dedans du Casino. Pourtant, espace et compartiment étaient dotés d'extracteur et de système d'aération conditionnée.

Il y avait, ce soir-là, une dame de haute taille, élégante, raffinée, joviale, à l'esprit ouvert, au regard enjoué, espiègle, cajoleur, vêtue tout de blanc d'une coupe impeccable, taillée sur mesure avec petite rosette et qui ne cessait de se dandiner, virevolter d'une table à l'autre avec un air savant de connaître tous les rouages dans l'activité des jeux. Elle paraissait être le boute-en-train de la maison. Elle bougeait sans cesse, ses yeux pénétrants, vifs, fouillaient partout, surveillaient toute la scène. Elle avait l'instinct de tout deviner, de tout savoir...

On aurait pu croire que sans sa présence au beau milieu de tout ce joli monde, le seul recours serait de fermer toutes les tables des jeux avant d'éteindre les lumières. Par moment, s'approchant d'une des croupières, elle lui murmurait à l'oreille quelques mots brefs, évasifs, sans plus. Elle n'avait pas de temps pour entendre aucune explication venant de la fille qu'elle était déjà de l'autre côté de la salle pour conduire un gros bonnet notoire vers la sortie. Cela, avec un large sourire aux lèvres qui se transformait simultanément en grands éclats de rire et quelques gestes flatteurs. Sur la plaquette en or encadrée d'un bord vert foncé qu'elle arborait si fièrement à son buste, au-dessus de la rosette, on pouvait lire l'inscription suivante : Inspectrice de Casino... Luz. Ce serait les derniers souvenirs de leur courte lune de miel à l'hôtel 5 étoiles du Morne-Brabant.

Dehors, c'était le calme plat. On aurait dit que c'était presque de la solitude. Le seul bruit venant du souffle des vents de la montagne qui agitaient, chatouillaient les feuilles des arbres qui tombaient avec légèreté, l'une après l'autre... Même les oiseaux nocturnes paraissaient s'enfermer dans leur sommeil. On entendait à peine ululer un genre de rapace égaré, à la recherche de ses compagnons. Sur la plage, les clapotements scintillants des vagues jouaient avec le clair de lune, rompant en intermittence la lourdeur pesante de la solitude. Une sorte de complicité prenait ampleur avec tous les éléments réfracteurs émanant de la nature... la nuit.

Chapitre 19

Suhel s'habituait tout de go avec la mode de l'habillement ainsi qu'avec le mode vie du pays. Cela, autant grâce à la conception de vie indépendante que prônait son mari. Au tout début de leur mariage, la nouvelle épouse faisait de son mieux pour maintenir un rapport très rapproché avec Rex. Elle s'adaptait avec une telle facilité aux activités diverses et au train-train de la vie quotidienne.

Avec sa silhouette à longue chevelure, retombée en queue de cheval qui se balançait, de gauche à droite, à l'ébauche de chacun de ses mouvements et sa physionomie pouponne, innocente, ouverte, son teint diaphane, elle ressemblait davantage à une Asiatique typique, bien de chez nous qu'à une Européenne style Métropolitain. Et puis, dans ce beau pays, on pouvait dire que les étrangers jouissaient d'un privilège certain, enviable. D'ailleurs, l'étranger est roi. Moyennant une poignée des dollars ou d'euros avec promesse d'investissement et la création d'emplois, on ne lésinerait point pour offrir à l'étranger la nationalité du pays, ainsi qu'à ses proches. Une aubaine... que dis-je ?

Une manne tombée du ciel pour bien des blanchiments... Avec l'approche des élections... quelques cacahuètes de plus, c'était jamais de trop. Pour ce genres de transaction, l'excellent prétexte était toujours là, à l'affût... C'est toute l'image d'une république bananière où les lois sont votées pour contrecarrer les visées de ceux qui se trouvaient sur l'autre versant de la montagne. Où les mensonges, les fausses promesses, les faussetés, les tricheries, la duperie et l'hypocrisie étaient érigées en Institution de Service Public.

Et que fait-on de la Constitution ? De quelle manière, interprète-t-on ses décrets ? La vérité, c'est que si on agissait telle que nous l'ordonne la Constitution, sûrement que l'illégalité n'existerait plus entre les hommes. La corruption, le détournement de fonds, le pot-de-vin, la promotion automatique, l'entente délictueuse et le passe-droit n'auraient plus pignon sur rue...

La vérité, c'est qu'on n'hésiterait plus à tuer pour s'approprier des biens d'autrui par des procédures impropres, déloyales. Et si le courage faisait défaut pour commettre l'agression, l'infamie, on irait jusqu'à commanditer ses crimes par personne interposée. On savait toujours comment se procurer des hommes de main pour ces genres de basses besognes. La vérité serait que chacun aurait son dû selon ses mérites ; chacun accèderait aux mérites selon sa compétence, ses aptitudes, ses capacités, ses rendements au travail... Et non selon le bon vouloir de ceux qui passeraient leur temps à former des béni oui-oui et des lèche-bottes pour être de petits toutous à leur service. En attendant le People Right Act, qui engendrera d'autres moutons de Panurge.

Ah, les minables loufoques... Toujours en quête de modification de la Constitution pour des avantages propres dans l'immédiat et certes, pour mieux consolider, mieux assurer ses arrières en cas de pépins dans le futur. Tout cela, toutes ces dérives s'opéraient sous l'évocation de la démocratie.

Dans ce nouveau pays, ayant tant d'avantages à son palmarès, Suhel s'intégrait à la population comme si elle y vivait depuis toujours. À aucun moment, elle n'avait ressenti le dépaysement puisqu'il y avait une similarité de mœurs incroyable entre les deux peuples. Nourriture, logement et habillement, à quelques exceptions près, étaient également semblables. Pas de grande différence entre les us et les coutumes des deux nations voisines. À part la façon de parler qui était tout drôle... Elle semblait être une agréable combinaison « créofrancisée », d'expression un peu grelottante que même la langue prenait du plaisir à l'articuler.

Assez bonne cuisinière, elle préparait ses mets toujours avec goût. Chose qu'elle avait l'habitude de faire chez ses parents. Elle ne s'embarrassait pas à passer de longues heures à cuire dans la cuisine. Elle n'oubliait jamais dans ses mélanges d'épices, le massala aux piments en poudre, que Rex aimait tant.

Au tout premier jour dans la cuisine, elle fut atteinte d'une urticaire qui lui produisait une légère irritation et une éruption cutanée sur le visage, le long du cou, les oreilles et les mains au contact des épices, de l'huile... La nouvelle cuisine lui paraissait plus épicée. Indifférente, elle voulait à tout prix finir avec ses préparations. Lorsque Rex venait à la cuisine et la voyait dans cet état, c'était l'affolement... Elle était toute rouge, de la tête aux pieds, comme de la tomate. C'était le sauve-qui-peut dans tous les sens pour le mari. Il fonçait au téléphone, alors que Suhel se piquait d'un grand éclat de rire. Elle s'empressait de le rassurer :

— Rex, mon chou, ne t'affole pas à ce point ! C'est une allergie qui se dissipera dès que j'aurais avalé une Niramine. C'est un antihistaminique simple, fort efficace et qui agit en un clin d'œil. Tu vas voir. J'ai l'habitude d'en prendre, ponctua-t-elle avec assurance.

Suhel savait écraser du petit pois, après l'avoir laissé tremper dans l'eau pendant des heures, pour mijoter la pâte de bonbons piments. Elle avait une de ces façons de les frire dans l'huile d'olive bien chaude dont l'époux en raffolait. À chaque fois, il en consommait une bonne douzaine de rondelets, accompagnés de tranches de pain beurré devant une grande tasse de thé, tout fumant, au lait écrémé de La beauté Hollandaise. L'amuse-gueule prédilectif de la jeune femme était sans conteste des brochettes de gibier et croquettes de blancs de poulet tranchés en lanières. Suhel admettait en toute franchise que les petits plats des gourmets prenaient trop de temps à préparer et quand elle s'y mettait, c'était par pur plaisir.

Le couple filait le parfait amour. On aurait dit qu'il jouait le rôle principal dans un feuilleton sentimental pour grand écran. C'était beau à voir. Quelques temps après naquit de cette union sacrée, heureusement voulue, l'exquis fruit sacré tant attendu : Christopher.

À tout point de vue, Rex Zaditen devait être un homme heureux et comblé de tant de réalisations qu'il a pu s'offrir jusqu'ici. En d'autres mots, toutes ces belles performances étaient de justes récompenses d'un homme laborieux dont la principale préoccupation a été tout le temps : être utile pour servir et servir pour être utile à la cause commune... C'était sa devise.

Il possédait une villa somptueuse, sécurisée par tout un système d'alarmes dans les hauts plateaux, entourée d'une grande muraille aux pierres taillées, découpées, coloriées avec des énormes portes d'entrée coulissantes sur des rails, activées au moyen de contrôle à distance. Avec un parterre jonché des plus rares spécimens de fleurs : des bégonias aux feuillages élégants de toutes les couleurs ; des hortensias teintés de rose, bleu, blanc, originaire du Japon et de Chine ; contre la façade, des houblons solidement tapissés dont les cônes servaient pour aromatiser la bière dans l'est de la France et toute une variété d'orchidées s'ouvrant sur une pelouse au gazon vert, fraîchement tondus où s'érigeait en parallèle au mur une importante variété de plantes ornementales qui fascinent la vue et soulèvent l'odorat.

À côté s'alignaient des colonnades de très belles sculptures romaines, portant tout au bout de grosses ampoules dont l'éclairage brillait tout autour... Ainsi, le jet d'eau de la piscine paraissait illuminer avec des effets brillant d'éclats aux clapotements aqueux du bassin, rempli à ras bord, alimenté par un ruisseau puisant sa source en provenance de la nature.

Le maître du lieu jouissait de tout le confort auquel aspirait l'homme moderne. Il a des relations fructueuses un peu partout. Il maintenait des contacts étroits avec les notables, les politiciens de tout bord. Sans en être un rat d'église, il s'y rendait de temps à autre. Il croit en la force des religions et cultive d'excellents liens d'amitié avec les prêtres de toutes les cultures religieuses.

À une période où tant de parvenus, tant de larrons moyennant qu'ils avaient un peu d'argent et possédaient une grande gueule, étaient capables de se faire élire députés ou même ministres... selon les chantages ethniques qu'ils pouvaient jouer ?

Rex Zaditen, lui, refusait toujours de s'engager dans l'arène politique, déclarant avec une certaine fierté sceptique que « la politique n'est pas mon fort », ou encore : « la politique, c'est l'affaire des autres ».

Qu'est-ce qui le faisait camper sur cette position ? Était-ce la faiblesse, le manque de courage, l'amour-propre, l'honnêteté ou le souci d'être un homme libre, ouvert à tous et d'être également capable de se défendre, selon le besoin des circonstances ? Ou encore, cela pouvait être aussi de l'égoïsme pour pouvoir tout simplement défendre son libre-arbitre ? On oserait plutôt croire qu'il était trop soucieux de préserver l'expression de sa libre-pensée et de son engagement à la cause humaine.

Or, comme tout bon citoyen et patriote consciencieux, Rex Zaditen se défendait d'être indifférent aux choses publiques. Il admettait que sa politique, à lui, il l'entendait autrement. Il la déclamait sur la plate-forme de son entreprise, auquel il ambitionnait à donner un visage humain. Il ambitionnait d'être un patron bienfaiteur, un modèle que les autres industriels pourraient émuler pour le bien-être de leurs employés. En son for intérieur, il croyait que tous les problèmes litigieux existant entre le patronat et les travailleurs pourraient être résolus, d'un tour de main, si on pouvait mettre un peu d'accent sur cette touche humaine, vernis naturel des relations bilatérales ou multilatérales.

Aussi sur la manière dont il devait procéder pour donner le meilleur de lui-même à la bonne gestion de l'administration et au renouement continuel des liens d'entente existant entre le patronat, ainsi que la masse de travailleurs dans un contexte humain, défini, équitable. Il y en avait également certains qui trouvaient que leur intérêt était mieux prospéré dans les conflits litigieux. Comme quoi, l'hypocrisie est dans toutes les sauces.

Or donc, que s'était-il passé entretemps et subitement dans cet homme de tous les combats, l'air toujours joyeux, bon vivant au point de n'avoir plus goût, plus envie à rien ? Et, de tout abandonner, de tout délaisser, de tout substituer à son enfant encore bébé et de l'aimer comme sa vie, plus que sa vie ? Il avait fait le vide autour de lui. C'est comme si dire, il avait tout chambardé, tout plaqué, loin derrière lui...

Il ne voulait voir, ni être en contact avec personne de son entourage, ni communiquer avec quiconque. Il avait déjà arraché les fils et déconnecté la radio de la voiture. Quant à son fameux portable dont il s'enorgueillissait d'en posséder, en raison de sa forme miniaturisée, il l'avait fracassé comme des biscuits sous ses chaussures. C'était une petite merveille avec accès à internet et autres multiples options à faire rêver. Et maintenant seul, tout seul, plus que jamais seul avec cette frêle créature toute seule dans sa somptueuse voiture roulant sur une route environnée d'un paysage neutre, désertique, Rex Zaditen s'évade, s'enfuit vers nulle-part dans une course éperdue.

De qui ? De quoi ? Qu'est-ce qui lui faisait si peur ? Pourquoi donnait-il l'impression d'être un homme traqué... pire encore, être aux abois ? Quel crime a-t-il pu commettre ? Un homme pareil serait incapable de faire du mal à une mouche.

Existe-t-il au sein de la vie, des moments de crises si désolantes, si critiquables, si inadmissibles, si écœurantes, si atroces où l'homme se sentirait atteint jusqu'aux fibres sensibles les plus profondes de son être au point de se voir vidé, dépouillé, anéanti, pulvérisé de toutes les cellules vivifiantes, immunitaires acquises au fil de l'existence ?

De quel syndrome déficitaire a-t-il été frappé ? Est-ce ce même genre de concours d'enchaînement circonstanciel fâcheux qui surgissait souvent, comme par enchantement, sur le parcours de l'existence et, sans crier garde, chamboule tout, ne ménage personne, plonge l'individu dans la soute obscure des faits accomplis ?

Est-ce cette même détresse, ce même désespoir qui pousse nombre de gens à la dérive, à la folie, au suicide ? Est-ce un cycle infernal qui pouvait atteindre, fourvoyer, foudroyer n'importe quel quidam et à n'importe quel moment, dont ni la richesse, ni la puissance, ni le pouvoir n'y pouvait rien ?

Est-ce une menace permanente contre laquelle, l'homme serait toujours appelé à faire son auto-critique, à se consolider tout le temps pour un renouvellement continuel de sa force, de sa foi et de sa croyance ? Mystère !

Chapitre 20

« Le Souffleur ». Dès que Rex Zaditen remarque l'écriteau, encadré de bord noir sur fond blanc avec une flèche à la couleur rouge qui indique la direction à prendre, il donne un brusque coup de frein, se rabat sur le côté gauche avant de ralentir et de s'arrêter. Christopher est bousculé, emporté dans son élan, son corps s'est buté contre le tableau de bord, sa tête s'est donné en plein pare-brise :

— Mal ! Mal ! Paapi… Paapi… se plaint-il.

D'instinct, tout affolé, son papa ne fait qu'un bond, s'empare de lui, l'entoure de ses bras, le soulève et l'attire tout contre lui :

— Ce n'est rien mon trésor ! Ce n'est rien… Ce n'est qu'un petit bobo… lui susurrait Rex à l'oreille tout en lui déposant un doux baiser sur le front là où il s'était cogné.

On pouvait entendre son petit cœur qui faisait « boum, boum ». Spontanément rassuré et calmé, Christopher demeure cramponné à son père et lui demande :

— Cola ! Cola, paapi… cola… en se dégageant de son père pour lui désigner le sac de victuailles.

Babillage qui signifie en terme cohérent : chocolat. Comme tous les petits aiment les sucreries, Christopher a une prédilection pour le chocolat. Ainsi ne faut-il pas s'étonner quand son père plonge la main dans un des sacs remplis de friandise et en retire une large tablette de chocolat au lait de la fameuse marque Cadbury. Il la tend tout entière à l'enfant :

— Tiens, mon coco doux. Manges-en autant que tu voudras. Ne crains rien. Plus personne ne te fera mal.

— Paapa... paapier...

Ah, oui ! Il fallait y penser. Bébé ne mange pas du chocolat avec son papier emballage. Pendant que le père enlève la première enveloppe d'emballage, Christopher se souvient de sa chanson :

— Bouuba! Bouuba... Bouuba...

Rex enlève maintenant la membrane de papier en aluminium pour laisser apparaître les délicieux cubes marrons et blan-châtres du chocolat au lait :

— Tiens, mon petit Bouba... Chéri !

Christopher ne se fait point prier pour prendre son chocolat à deux mains... Tandis que son père appuie sur le débrayage, enclenche la vitesse arrière, recule et s'engage dans la direction « Le Souffleur ».

Au coin du chemin menant à « Le Souffleur », beaucoup d'arbres fruitiers faisaient leur apparition. Deux mangoustaniers s'éri-geaient côte à côte. L'un des arbres fruitiers se faisait voir avec une abondance de feuilles, tout simplement et rien comme fruit. Alors que l'autre arbre attirait l'attention sur une surabondance de fruits en grappes pesantes, suspendues, qui demandent à grossir encore...

Le mangoustan provient de la Malaisie d'où on prétend qu'il est originaire. On peut dire que c'est un fruit fort agréable au palais. C'est un fruit très rare quand-même chez nous puisque la terre n'est pas appropriée pour son expansion. C'est toujours étonnant de voir un mangoustanier en floraison étant donné que le terrain n'est pas suffisamment propice pour sa fertilité. Toutefois, une fois grossi, lorsqu'il est prêt à manger, on recon-naît le fruit par sa membrane revêche et en hérisson qui tourne du vert au rouge. On le consomme en pulpe charnue, juteuse à la bouche. Le mangoustan est dénué de noyau et ne possède pas de graine.

On remarque également différents manguiers, allant des « maison-rouge », des « dauphiné », des « rosa », des « collard », des « torche »... Par ailleurs, c'est le seul genre de fruits qu'on trouve en diverses variétés, un peu partout et en abondance dans le pays. Les manguiers s'adaptent à tout climat et produisent régulièrement des mangues. C'est aussi le seul fruit qu'on voit à la traîne, à même le sol, dans certains endroits dont les mouches et les moustiques en font un régal. Quelle ironie, alors que les mangues, selon leur qualité, leur saveur se vendaient et trouvaient preneurs entre cinq, dix, même quinze roupies au marché public.

Étant donné que c'est un produit local qui n'est pas taxable, cela revient plus cher que les fruits importés qui, eux, sont imposés divers frais. La mangue est un fruit très populaire et très comestible avec un goût agréable à la bouche. On la consomme verte, mi-mûre ou bien mûre, tout simplement. Certains préfèrent la manger en confit ou confiture. Alors que d'autres s'en accommodent en achard épicé dont la consommation pouvait durer indéfiniment. Il n'en demeure pas moins que la mangue se trouve parmi les fruits les plus maltraités et les plus utiles du pays.

On en dirait de même pour sa consœur, la papaye. Pourtant, c'est un fruit qui renferme la papaïne d'où est extraite la diastase dont la propriété est la transformation digestive des cellules, indispensables au bon fonctionnement régulateur de l'organisme. C'est une plante exotique également dont l'origine en est l'Amérique tropicale. On en trouve toute une variété des papayes. Toutefois, celle qui est la plus répandue est dépouillée de fermeté à l'état mûrissant et lorsqu'on la consomme, la chair fond dans la bouche. Ceci dit, à cause de la délicatesse de sa chair, beaucoup de gens s'en désintéresse pour la consommation. Et comme la mangue, la papaye fait aussi les délices des moustiques et des bestioles.

À peine, la Mustang Pony a-t-elle démarré qu'une grosse mangue, mûrie au maximum, se détache de la branche d'une grappe et vient atterrir contre le pare-brise avant, avec un bruit terrible donnant l'impression que la vitre avait volée en éclat. Christopher regardait déjà son père avec des yeux effarés...

— Ce n'est rien, mon bout de chou... ce n'est rien...

Ayant rassuré l'enfant, Rex actionne le jet d'eau, donne un coup de balai d'essuie-glace pour enlever le jus de la mangue qui s'était écrasée, répandue sur le pare-brise. Il continue son chemin qui, à vrai dire, est une très large voie qui contourne un peu plus loin la sucrerie de l'endroit. C'est un bâtiment vétuste, imposant qui, actuellement est en veilleuse, inactif.

La récolte de la canne à sucre ne commence que dans six semaines. Avec tous ces charriots, tous ces engrenages avec des roues dentelées les unes plus grosses que les autres, toutes ces grues, toutes ces colonnes gigantesques au bout desquelles sont accrochées de grosses poulies aux longues chaînes d'acier à maillons colossaux, on dénote dans l'ensemble de l'usine, de l'ordre, de la propreté et de la fraîcheur. Quand on passe à côté où l'on a entreposé une rangée de camions à corbeilles prêts à être mis en marche dans les prochains jours, une forte odeur de térébenthine, de peinture, monte, pénètre dans le nez, agresse les narines et qui, contre toute attente est vite dispersée par les vents du grand large.

Près de l'entrée, il y a un grand réservoir aérien d'eau qui est encore là et dont on se servait à l'époque pour alimenter les locomotives qui transportaient les cannes à l'usine par le chemin de fer. On pouvait même voir une série de wagonnets en état de décrépitude se tenant encore sur des mini-rails inactifs. Tout ça, c'est du temps passé.

Pour accéder à « Le Souffleur », il faut changer de voie et prendre un chemin non asphalté, en terre glaise, mais bien entretenu dans son état naturel à travers les champs de cannes. En ce temps anormal de sécheresse, puisque la pluie diluvienne de la saison se fait encore attendre, il y a des endroits où il faut compter avec ses flots de poussière, ses nids-de-poule, larges, assez profonds, sillonnés en cela de crevasses dénotant le manque de plasticité au niveau du sol.

Rex Zaditen connaît ce genre de chemin aussi bien que tant d'autres des environs. Il aime ce genre d'endroit isolé, sauvageonne, pittoresque, naturel avec tous les décors agrestes qui agrémentent le paysage tout autour, à perte de vue. La route en terre battue est si longue et cahotante qu'elle paraissait n'en pas finir. Elle s'enfonçait de plus en plus dans les profondeurs de la nature...

Après le passage de la Mustang, on ne distingue que l'opacité de la poussière par la lunette arrière, obstruant complètement la vue. Le parcours accidenté comporte de multiples courbes et des détours à tout bout de champ. Témoins impassibles, les champs de cannes sont accroupis, couchés avec leur surcharge de feuilles jaunâtres et de fleurs grisâtres émoussées dont les pistils s'éparpillent aux moindres vibrations des vents.

À l'intérieur de la voiture, on est comme dans un monde à part. On ne discerne nulle trace de poussière. On respire l'air conditionné, réglable à souhait tout comme lorsqu'on s'assoit dans un salon à grande aération avec des fougères frisées accrochées tout autour. On jouit ainsi de tout le confort dont on a besoin. On peut se désaltérer, manger, roupiller à l'intérieur autant que l'on voudrait sans se fatiguer, sans alterner sa santé. Tant et si bien que le plaisir de conduire à toute aise ne se pose absolument pas. À chaque dénivellement du sol, à chaque mouvement brusque et intermittent causé par ce chemin rocailleux, accidenté à n'en pas finir, la robuste voiture épouse aisément les différentes bosselures que présente l'aridité du terrain. Par moment, l'automobile subit une telle saccade, une telle oscillation que la carrosserie tangue de gauche à droite, en avant et en arrière. À toutes ces secousses aux multiples rebondissements, Christopher pouffe de rire, pousse des cris de joie extrême avec sa bouche remplie d'où suinte à la commissure des lèvres une coulée de lave blanchâtre de chocolat.

L'enfant macule tout, barbotte avec ses mains imprégnées de chocolat fondu : tableau de bord, siège capitonné à grand frais... Et pour tout couronner, il empoigne les cheveux de son papa, lui entoure le cou à bras raccourcis. L'épaulette de Rex, sa chevelure, son visage est tout collant de sucrerie laiteuse. Quant au bébé, il en est tout tacheté. Cela aurait paru normal dans un milieu familial... Ici, dans ce lieu, à l'intérieur de cette voiture, l'image de l'enfant produit un drôle d'effet.

Rex Zaditen s'arrête devant un pavillon de chasse, érigé en partie en brique, recouvert au sommet par des bottes de vétiver alignées côte à côte avec précision, serrées de près, de point en point avec des lanières de raphia, de sorte que l'eau pluviale ne puisse passer au travers. Aux angles adjacents s'érige un autre abri assez grand pour une famille. La bâtisse campe à merveille au milieu naturel de ces lieux rustiques, en retrait des bruits tumultueux, à l'abri de grands arbres où l'atmosphère bienfaisante, la fraîcheur environnante, la tranquillité poétique, les chants des oiseaux vont de pair... Cette maison campagnarde sert aussi de relais pour les gardes-chasse et autre gardes champêtres. L'endroit est en même temps un poste de contrôle. L'un des gardiens, casquette vissée sur la tête, tenue militaire un peu dépassée, retenue à la hanche avec une ceinture à large boucle qui empêche, à la fois, au ventre de saillir et le pantalon de couler, écrasant son bout de mégot sous sa semelle, s'approche auprès du nouvel arrivant pour s'enquérir, comme le veut la procédure d'usage :

— Monsieur devrait savoir qu'il est près de six heures ? tonne le gaillard d'une voix grognarde en s'appuyant sur sa carabine dont le canon pointe négligemment sous son menton.

— C'est vrai, je ne savais pas à quelle heure le passage est autorisé... Et puis, c'est à cause du petit. Je l'emmène faire une balade, prononce Rex avec un accent grave indifférent, tout en se débarbotant la main, le visage, la commissure des lèvres avec son large mouchoir à carreau sur fond beige.

— Bon, passez monsieur. Toutefois, je dois vous mettre en garde. Il y a un autre barrage plus loin. Je ne vous garantis pas que mon collègue, là-bas, agira de même...

— Cela, j'en fais mon affaire... en lui glissant une cartouche pleine de quatre ou cinq paquets de cigarettes.

Alors que le garde-barrière tout confus d'avoir autant de paquets de cigarettes entre ses mains, tente tant bien que mal à les dissimuler par crainte de représailles, Rex Zaditen démarre, continue sa route cahoteuse cahin-caha, sans trop se préoccuper de savoir ce qu'il va radoter avec le gardien suivant. En effet, à l'approche de l'autre poste de contrôle, après avoir roulé quelques kilomètres encore sur ce chemin bosselé qui rétrécissait de plus en plus et en se frayant un étroit passage à travers champs, il se voit interdire d'avancer contre la porte d'accès déjà fermée, cadenassée.

Rex n'en démord pas. Il savait bien qu'il devait absolument passer par là pour atteindre les falaises. Il stoppe sa voiture, méconnaissable, entièrement couverte d'une épaisse couche de poussière, à part le pare-brise qui a la transparence d'une double vue à cause de la trace laissée par le mouvement alternatif des essuie-glaces... L'éclat de la mangue avec une partie de sa chair onctueuse est encore visible, enrobée de poussière, collée au coin de la vitre.

Il se trouve en face de la maison abritant le gardien et sa famille. Il coupe le contact prend Christopher dans ses bras, ouvre la portière avant droite et descend de la voiture. Il se penche pour refermer la porte derrière lui. À peine ébauche-t-il son geste qu'une femme pointe son nez avec une expression effarée, curieuse à ne trop savoir à quoi attribuer cette visite intempestive, à ne rien comprendre, à cette heure indue, précédant presque la tombée de la nuit.

Elle est habillée d'une robe très ample de cretonne démodée, usagée, aux nuances sombres, imprimées de plantes sarmenteuses et dont, à voir l'étendue de la tache de souillure au bas, tout laisse croire qu'elle se sert de cette partie de la jupe comme torchon pour s'essuyer les mains. D'origine créole, sa tête est recouverte d'un fichu grossier, usé, troué deci-delà, noué sur des cheveux hirsutes en chignon, elle s'amène avec vigueur. Soulagé intérieurement, Rex se disait que c'était son jour de chance. Cette fois-ci, ce n'est pas un homme, c'est une jolie femme au teint foncé.

— Monsieur, si c'est pour aller contempler la mer du haut de la falaise, c'est déjà tard... dit-elle à brûle-pourpoint sans donner le temps au visiteur de s'exprimer.

— Si, madame... à qui ai-je l'honneur de m'adresser ?

— Charlotte ! Je m'appelle Charlotte Guylaine, s'empresse-t-elle d'ajouter, pince-sans-rire.

— Merci, madame Charlotte... je sais qu'il est déjà tard. Mais, il n'est pas trop tard pour faire une balade sur la falaise afin d'admirer le fabuleux coucher de soleil dont on m'a tant vanté l'émerveillement et la splendeur, rétorque-t-il sans se laisser impressionner par la femme garde-barrière.

Chapitre 21

La femme du gardien est dans la quarantaine, bien sonnée, quoique ayant l'air d'être plus vieille à cause de son existence rude, recluse, retranchée. Sans paraître pour autant moche, ni comme une femme trop ossue, Charlotte est pour ainsi dire assez belle, charmante avec un plus de séduction dans les traits du visage. Elle est bien plantée sur ses pieds comme pour montrer qu'elle n'est pas femme à s'effrayer au-devant du premier venu. Elle donne l'impression de pouvoir tenir tête à une meute. Corpulente, elle a quand-même des muscles fort suffisants pour être courageuse et capable d'en mater plus d'un !

La paysanne ne souriait pas. Cependant, on devine cachées derrière ses lèvres closes, épaisses et retroussées, des dents brillantes, intactes, proportionnées, montées sur des mâchoires fermes dont l'articulation d'engrènement faisait saillir l'os à côté de l'oreille, due spécialement à une mastication forte et de la consommation quotidienne de crudité saine. Du maïs, de la patate, du manioc, divers fruits, tel est probablement le lot de choses qu'elle grignotait à tout instant. Tout contrairement à ceux de la ville qui bouffent des burgers, du chewing-gum ou d'autre bonbons pleins de sucre, tout le long de la journée.

Femme agraire, cela se voit. Habilitée au travail grossier, il va sans dire qu'elle a de nature le regard posé, doux, pensif, scrutateur, pénétrant, mais résigné d'une campagnarde qui a l'habitude de s'effacer, de se plier devant le seigneur et maître. Plantureuse, le corps de Charlotte est robuste et inébranlable avec de grands seins proéminents, sans soutien-gorge, un peu négligés, probablement par dépit ou parce qu'elle vit retirée, isolée, cantonnée loin du brouhaha de grande ville et très éloignée de la folle coquetterie des femmes urbaines.

Elle a, à coup sûr, une ribambelle d'enfants qui jouaient dans l'arrière-cour, à même la terre dont l'habit serait identique à la couleur de l'argile et tout crasseux de poussière. Vont-ils à l'école ? Ont-ils une notion de la scolarité ? Connaissaient-ils l'importance de l'éducation ? C'est vraiment triste d'être obligé de vivre loin de la ville et du village, enclavé dans l'isolement en plein milieu de la nature, contraint de mener une existence en retrait de la société. Il est davantage triste, désolant même parfois, que chacun doit accepter son sort. La nature humaine est un mystère à jamais insondable.

Apparemment, Charlotte est vraiment vigoureuse et débordante d'énergie. Elle devait être rompue, habituée à toutes sorte de travaux et pas nécessairement ceux du ménage. Ses épaules sont larges et elles ont l'air puissantes avec une taille égale, cambrée sur des hanches en saillie. Elle a les bras musclés, des mains moyennes, calleuses, aux doigts courts et ongles busqués dû à l'agressivité du labeur accompli tout au long du quotidien. Et quoi que l'on puisse dire, aucun signe de violence ou de barbarie n'émane de la femme. Elle est d'une passivité naturelle avec une physionomie insaisissable, impénétrable. Toutefois, avec ses yeux perçants aux grands cils et son ébauche de sourire à l'air malicieux, elle donne l'impression d'être une serviable croupe pour son mari chaque soir et pourquoi pas également entre deux rondes dans les sous-bois.

Autant puissantes, inébranlables et austères que les femmes puissent avoir l'air en dehors, c'est toujours tout le contraire une fois qu'elles se trouvent sur le lit, à côté du mari ou de l'amant.

On a comme un sentiment que Charlotte Guylaine est de cette catégorie de femmes soumises à ce genre de choses, toujours prêtes à prosterner devant l'autorité du mâle et tout le temps condamné à s'offrir, à satisfaire le fantasque libido du mari ou de l'amant d'occasion.

Qu'est-ce qu'on n'entend pas dans le domaine des relations sexuelles entre conjoints. L'élégant homme du jour se transforme en sadique, au cours de la nuit, dans son insatiable quête de jouissance. N'y a-t-il pas eu récemment des cas de condamnation d'un amant trop fourbe dans ses frétillants désirs allant jusqu'à mordre, déchirer le sexe de la femme ?

Déjà, la semaine écoulée, lors d'une émission à la télévision sur les femmes battues et d'autres qui subissaient toutes sortes de sévices et autres représailles, ne parle-t-on pas de cas d'une femme qui eut l'horrible surprise de sentir le poing du mari au fond de sa partie intime, de son vagin ?

Paradoxalement, que des méfaits dramatiques liés à la perversité, ne lit-on pas assez souvent dans les journaux, spécialisés dans les délits sexuels ? C'est à couper le souffle. Un journal dominical, rapporte dans son compte rendu divers, qu'une femme, emportée par la jalousie, folle de rage, coupe le pénis de son amant la veille du mariage de ce dernier avec une autre.

Dans un autre cas, il est rapporté qu'au petit matin, une femme ébouillante son mari avec l'huile de friture dans la salle de bain parce qu'elle venait de subir les pires affronts sexuels de sa vie.

Alors qu'un autre compte rendu faisait mention d'un mari bestial qui prenait du plaisir sadique à visionner des films pornographiques pour ensuite ordonner à sa femme de faire de même avec lui... Excédée, outrée, furibonde, elle avait porté plainte contre le mari au Ministère de la Femme. Quelle honte pour le mari ! Et quid de la société avant-gardiste !

Ainsi qu'est-ce qu'on n'apprend pas aux sadismes et aux sévices ayant rapport à la sexualité. À présent, on parle davantage de l'inceste, de la pédophilie. Il n'y a pas longtemps, on s'inquiétait pour les petites filles. Les parents ne cessaient de les mettre en garde contre les grandes personnes inconnues de sexe opposé. Or donc, dans le monde prétendument avant-gardiste et du progrès, la situation est pire, terrifiante, cauchemardesque... Les parents se font du souci également pour leurs enfants garçons contre les inconnus du même sexe. Qu'est-ce que c'est tout ça et où va-t-on avec une pareille animalité désordonnée, incontrôlable ? Quelle chienne de mentalité.

Heureusement pour les enfants, ils bénéficient de toutes sortes de protection au sein de plusieurs autorités gouvernementales et autres O.N G, tandis que pour les femmes, en raison même de leur sens de responsabilité, elles sont leurs propres victimes et sont vulnérables aux pseudo-hommes, inconscients du droit de respect envers la femme... Alors si un jour, on a l'occasion de rencontrer les regards en détresse d'une de ces nombreuses femmes battues, subjuguées, maltraitées, piétinées, il ne faut surtout pas oublier de dire une prière afin d'attirer l'attention, la clémence divine sur elle, sacrée créature humaine avant toute chose. Et, dans son infinie bonté, Dieu, le miséricordieux ne manquera pas de s'apitoyer sur son sort.

La femme du gardien est peut-être timide où la coquetterie n'a point de place chez elle et pourtant, quand elle parle, la femme n'a pas froid aux yeux. Mais, comme c'est un être humain, elle a également ses faiblesses. Elle a le sentiment de sensibilité. Elle se contrôle mal et se laisse emporter par son émotion. Elle écoute malgré elle, le père de l'enfant parler sur son ton charmeur :

— Madame, je vais vous prier de me laisser passer pour cette fois à cause de mon petit bébé. Je voudrais lui faire profiter un peu de l'air de la falaise, implore-t-il avec un accent amical et un rien d'imposant humoristique dans le ton.

Christopher à demi somnolent, dodelinant la tête, épuisé de fatigue et rassasié ne comprend rien, et ne s'intéresse à rien. Il ne demande qu'à s'assoupir. Il ne veut que dormir. Rex a beaucoup de mal à cacher l'abandon du bébé dans les bras de Morphée.

Charlotte, depuis un instant, essaie d'être rigide et se sent en même temps en lutte dans un conflit intérieur avec elle-même. La brave femme se décide et se laisse amollir au ton courtois de Rex. Elle ne sait vraiment pas trop quoi répondre, quoi dire, quoi

comprendre. Sans trop savoir au juste, fortement impression-
née par l'homme et l'enfant devant la présence inhabituelle de
cette imposante voiture, elle bégaie...

— Attendez, monsieur, puisque vous ne me facilitez pas la tâche,
j'apporte la clé...

Chapitre 22

Quand Rex Zaditen franchit le vieux portail grinçant en fer forgé, branlant à tellement ouvrir et fermer et d'où se détachaient des squames de peinture pleine de rouille, il savait déjà qu'il s'engageait sur la voie de non-retour. Charlotte embarrassée, un peu craintive, se tenant droit avec la grosse chaîne dans une main et dans l'autre le gros cadenas, lui jette, balbutie, bégaie quelques mots avec un sentiment de réelle préoccupation provenant du fond de ce qu'il y a de plus sensible en chaque femme... Cette vue de l'enfant s'assoupissant, blottissant, pelotonnant contre l'épaule de son père avait fini d'enlever toute suspicion auprès de la femme.

— Monsieur, je vous laisse passer à cause de l'enfant. Surtout ne vous attardez pas trop là-bas... j'aurais des problèmes. C'est sûr que j'aurais des problèmes...

Rex Zaditen s'arrête pile à la hauteur de la généreuse femme dont le sort a voulu qu'elle soit d'une autre condition. Il la regarde longuement, l'épaule appuyée contre le portail avec ses mains surchargées tenant la chaîne et le cadenas. À ce moment précis, il aurait tant aimé pouvoir lui témoigner plus de générosité... Il aurait voulu prendre, serrer, cette inconnue dans ses bras comme pour la soulager du fardeau de responsabilité de son geste. Il se retient de la toucher, de sentir battre son cœur de femme campagnarde.

Qu'est-ce qu'il aurait donné pour être capable de transformer et transporter Charlotte dans un milieu autre que le sien, de la voir virevolter en toute liberté, vivre différemment. La baguette magique n'est pas en sa possession pour qu'il puisse admirer, contempler à tout son aise l'effet de cette transformation, de ce revirement dans un cadre dépassant de la condition humaine. Sûrement que cela aurait été trop beau comme une dernière action de sa bienveillance dans ce monde confus de malaise.

Indécise, visage ravivé, joues tout feu tout flamme, tout en observant un air de crédulité indescriptible, Charlotte, de nature peu bavarde, se renferme encore plus dans un silence plutôt obtus, mystique, l'esprit ailleurs d'où trottent mille et une question, sans en avoir la clé, à aucune. L'homme de la voiture lui sourit avec spiritualité et lui balance un sac de friandises entre les bras :

— Tenez ça, c'est pour les enfants... pour vos enfants !

Ce n'est pas fini. Comme pour ajouter un peu plus de sel à la salade, il plonge la main dans la poche intérieure de son veston. Il retire son énorme portefeuille bourré de gros billets de banque et le dépose contre l'échancrure de poitrine branlante de la femme dont les mains et les bras étaient déjà encombrés.

— Ceci est pour vous... Charlotte... sans aucune arrière-pensée ! Je n'en aurais pas besoin, ponctue-t-il l'air serein et soulagé.

Stupéfaite, elle voulait crier, hurler... Elle n'en trouvait pas la force, ni la parole. Charlotte ne comprenait vraiment pas ce qui lui arrivait. Elle demeurait figée, paralysée par ce geste incohérent, incompréhensible. Elle perd la notion des choses. Elle est comme sur le point de s'évanouir... Elle ne bougeait plus. Elle restait muette, raidie...

Agitée, toute tremblante et vacillante, soudain un spasme prenait Charlotte. Elle croyait devenir dingue. Un grognement sourd, rauque sortait à peine de sa gorge. La généreuse femme se laisse gagner par des soubresauts... Elle se plante là... La chaîne et le cadenas lui échappent des mains, glissent à ses pieds avec un bruit sourd de cliquetis. Titubante, adossée contre le mur frontal de la portière, elle respirait à grande bouffée de sa bouche entrouverte et de son nez trapu aux narines palpitantes...

— Oh, Monsieur...

Un grognement. Puis, plus rien. Aucune autre expression ne se suivait... On n'entend plus rien. Charlotte, la tête dodelinée, lève le regard vers le ciel. On aurait dit qu'elle sollicitait le Seigneur pour lui venir en aide, lui accorder son soutien et daigner lui apporter son témoignage. Elle avait le sac accroché au bras, le portefeuille entre les paumes des mains, calé contre ses seins, dans une posture rituelle de prière...

— N'ayez pas cette tête, lui lance avec douceur Rex Zaditen. C'est un plaisir de vous faire ces petits cadeaux pour vous et votre famille... Acceptez-les comme une offrande venant d'En-Haut car des miracles ne se réalisent pas souvent, ajoute-t-il encore une fois pour mieux rassurer la femme.

Ceci dit, le cœur léger, débordant de bonheur, heureux d'avoir pu accomplir un dernier vœu. Rex ne pouvait s'empêcher de sentir un petit pincement là où tout homme se reconnaît humain, égal à tout être humain. Cependant, ce qui le soulage le plus, c'est d'avoir eu les mots justes, les mots qu'il fallait en la circonstance pour rassurer, tranquilliser et mettre en confiance la paysanne anonyme. Tout allégé d'un poids lourd à porter, il est comme quelqu'un, ayant rempli un devoir sacré avant de prendre le chemin du pèlerinage. Il reprend sa position au volant et fonce à petits coups d'accélération droit devant lui...

La voiture continue de rouler en douceur. Cette dernière partie du chemin, à part les champs de canne, agrémentés d'un bosquet, est carrément rocailleuse avec de profondes crevasses partout, de bout en bout et de grosses pierres arrondies, aplaties ou pointues apparaissaient, émergeaient de long en large. La voiture s'éloigne de plus en plus du portail. Rex Zaditen n'osait jeter un regard en arrière pour ne remarquer aucune réaction tendue, nerveuse de Charlotte.

Charlotte, frissonnante des pieds à la tête, toujours silencieuse, et comme une automate, regarde la voiture gagner de la distance, s'éloigner lentement, en tanguant sa lourde carrosserie, couverte de poussière, jusqu'à ce qu'elle disparaissait au détour... La gardienne la suivait encore des yeux jusqu'au bout, à travers les arbres, les arbustes, les broussailles clairsemées avant que la Mustang ne se volatilise pour de bon et ne s'évanouisse, absorbée dans la verdure dense de la nature. Quelque chose l'a clouée sur place, l'a empêchée de courir pour aller aux éclaircissements, constater de visu de ce qu'il en ait exactement, satisfaire sa curiosité afin de pouvoir calmer en elle cet étrange pressentiment qui l'agitait, l'inquiétait, la démangeait... C'est comme une prémonition...

Pourquoi ce bouleversement en elle, au fond d'elle-même, pour cet inconnu dont la grandeur du geste, il est certain, l'a surprise d'une manière spectaculairement incroyable ? Cet homme qui a pris soudainement une importance démesurée, à son égard, l'intriguait encore plus maintenant, davantage après sa largesse de générosité. Est-ce de la générosité, tout simplement ?

Elle se demande si elle a bien fait d'accepter tout cela. Elle se demande si tout cela ne va pas lui causer de préjudice. Elle se demande si elle aurait dû exiger de l'accompagner, vu la circonstance tardive exceptionnelle. Elle se demande si elle pourrait avoir le moyen de pouvoir le contraindre de rebrousser le chemin. Elle se demande beaucoup, beaucoup trop dans ce laps de temps éclair. Elle se demande enfin si elle a bien fait de lui autoriser le passage, à une heure si avancée... à la pointe de la chute du jour...

— Mon Dieu de Miséricordieux ! Protégez-le et son enfant... Amen, conclut-elle vivement, en faisant le signe de croix avec précipitation, retrouvant en même temps son énergie débordante, sa force revigorée, et sa vigueur de jeunesse.

Chapitre 23

Lorsque la voiture débouche sur l'espace vert dégarnie, menant au bord de la falaise, le contraste est frappant et incroyable. On pouvait sentir s'interrompre en bémol une espèce de musique qui animait ce haut lieu, isolé de la nature, peuplé de solitude. L'endroit est déblayé, les herbes folles venaient d'être coupées à la faux. L'entretien du lieu paraissait visible avec des motifs naturels érigés à distance régulière, donnant à l'espace un air de convivialité. Tout autour, à l'opposé des précipices, des plantes ombragées et ornementales ont été emménagé pour apporter de la fraîcheur au versant, protégeant les randonneurs des rayons ardent du soleil.

La présence humaine foulant ce lieu à caractère mystique, à cette heure tardive de l'après-midi, est plutôt un cas rare, on pouvait même dire : unique. Toutefois, l'exception fait la règle. Aucun acte sacrilège n'aurait souillé ce lieu de reposoir et de méditation. Il n'y a rien, ni personne qui pouvait dire quelque chose sur l'étrange présence de Rex, accompagné d'un enfant, à cette heure indue, puisqu'il n'y a rien, ni personne tout autour pour en parler...

Christopher, repu après avoir mangé autant de chocolat, s'assoupissait toujours de son sommeil profond, visage humide de transpiration, poing fermé, respiration légère, normale. Rien ne le troublait. Il s'allongeait à califourchon, tétant son pouce, tout à son aise sur le coussin avant de la voiture dont le dossier est basculé, rabattu en arrière. Il a toujours la bouche, le visage, les mains maculées de chocolat. Un petit tressaillement le troublait de temps à autre. Rien de plus sinon que le souffle des vents lui virevoltait une mèche bouclée de sa touffe de chevelure sur son front nu.

Le panorama océanique qui s'offrait à la vue est d'un bleu-vert resplendissant. Le coucher du soleil est encore loin de l'horizon. En été, le rayonnement du soleil éclaire le ciel jusqu'à fort tard, d'ailleurs. Les dernières mouettes, après le farniente au rivage, passent à l'orée de la falaise pour gagner le chemin du retour avant que la nuit ne les attrape. Le papa caresse son enfant d'un regard qui en voulait dire long :

— Dors, mon petit... Dors, mon ange...

La voiture se trouve perchée sur une espèce de promontoire, surplombant périlleusement, dangereusement la mer qui se trouve à des centaines de mètres en dessous. Par moment, la masse houleuse est soulevée. Elle remonte à une hauteur vertigineuse avant de se répandre lorsqu'elle retombe, toute blanche, comme un champignon en forme de choux-fleurs.

Dans ces parages, les vents arrivant de haute mer soufflent avec une intensité et une violence incroyable. On les sent refroidir l'hélix, s'infiltrer dans les oreilles, les narines, la bouche... Les lèvres subissaient des gerçures désagréables à supporter. On se sent vite refroidi, glacé tout au long du corps.

Rex Zaditen est secoué par une agitation intérieure, indicible. Il arrive fort difficilement à se contenir et à se maîtriser... Une sorte de peur mystérieuse l'entoure, l'enveloppe, l'oppresse et le plonge dans une angoisse étrange, sans issue. Il s'efforce de ne pas regarder en arrière, d'oublier tout de son passé... Que ce moment est pénible. Que c'est pénible, pénible !

Néanmoins, bandant sa force, surmontant ses doutes, il repousse toute idée de crainte et de frayeur. Réprimant son soubresaut, il prend sa « suit-case » sur la banquette arrière de la voiture et en retire un bloc de papier. Tout en jetant un œil sur le sommeil de son fils, il se met à écrire posément :

« Après mûres réflexions et après de pénibles efforts, je pense avoir atteint le terme de ma vie, l'aboutissement de mon destin. Je ne sais

pas trop si je dois me sentir heureux et content de mes incessants com-
bats dans le cours de l'existence ; si je dois sentir de la fierté du devoir
accompli dans les multiples prouesses aux domaines des affaires. Ce
que je peux dire cependant, c'est que je suis satisfait et fièrement heu-
reux de tout ce que la vie m'a apporté jusqu'ici... Des circonstances trou-
blantes, indicibles m'obligent, m'imposent à des actes que les autres qua-
lifieraient de désespoir. Voire de la folie. Il n'en est nullement besoin. Il
n'en est rien ! Mon geste n'est point une contrainte. C'est un choix de
plein gré, dicté par mon libre-arbitre avec la bénédiction de mon âme
et de ma conscience. Que Dieu seul en soit mon témoin... mon juge ! »

Rex Zaditen se penche, soulève son fils en plein sommeil, le
prend délicatement dans ses bras. Il descend de la voiture. Dès
que Christopher reçoit le courant d'air froid, il frissonne... Il se
cramponne, se serre, s'agrippe tout contre son père qui eut le
reflexe paternel de lui jeter un capuchon douillet sur l'épaule.
Pelotonné, blotti tout chaudement contre le sein de son père,
l'enfant est couvert de baisers et de caresses dans un élan saisissant d'affection profonde.

— Dors, mon petit... Dors, mon ange. Dors, ma vie, lui murmurait le papa, la bouche collée contre l'oreille de son fils.

Il s'avance avec détermination. Il se dirige vers le point de vue,
le site le plus élevé avec des abrupts escarpés qui donnent le vertige. L'échine courbée, chancelant, il devait se frayer un passage
de toutes ses forces contre la poussée violente des rafales de vent
glacial. Il est stoïque, rien ne l'arrêtera...

En contrebas, à ses pieds, c'est le précipice, le gouffre béant au
fond duquel la mer bouillonne avec ses multiples champignons
d'écumes. Elle ressemble à un monstre enragé qui ne cesse de
remuer son énorme corps et prêt à happer tout ce qui s'offrait à
la portée de sa monstrueuse gueule. Rex Zaditen est tout étour-
di, assourdi par les gigantesques houles déferlantes, claquantes
des vagues qui, successivement s'entachent, s'enroulent sur

elles-mêmes, s'accumulent en énergie, développent ses puissantes masses aqueuses, se gonflent, s'avancent, s'élancent, submergent, encerclent tout sur son parcours, se jettent, s'abattent, s'écrasent contre les parois rocheuses et s'éparpillent dans un éclat magnifique, une féerique gerbe d'eau aérienne.

Mû par une incroyable puissante force obscure, profonde, souterraine, latente, insoupçonnable, l'océan fait son travail continuel de flux et de reflux à grands fracas, intermittent, inlassable, incessant dans un immense mouvement d'ondulation de surface, indéfinie à grandeur cosmique. Tel un raz-de-marée, à l'instar des tsunamis, ayant fait table rase, balayant tout sur son passage : bateaux, hôtels, immeubles, maisons, arbres, voitures, tuant impitoyablement au-delà de plus de 170 000 personnes sur les côtes Sud-Est des pays riverains de l'Océan Indien, à la fin des quatrième annales de ce siècle démoniaque où autant de dégâts catastrophiques et d'autres séismes qui ont secoué le globe, autant, sinon davantage de remuements destructifs internationaux sont l'œuvre machiavélique des hommes, causés par les hommes envers les hommes, partout dans l'univers.

Un tremblement de terre dont l'épicentre se situe au fin fond de l'océan pouvait causer des séismes qui s'étendraient à des milliers de kilomètres à la ronde et, broyant dans ses déferlements à propulsion des innombrables vies humaines : enfants, femmes, hommes, sans sommation, sans aucun triage, ni d'âge, ni de fortune, ni hiérarchie, encore moins de races... tous, anéantis, rien qu'en quelques instants, par cette super puissance mystérieuse, hors du commun, qui s'émergeait des profondeurs abyssales, semblables à de la rage, trop longtemps contenue, renfermée ou la vengeance impitoyable de la nature. Ou est-ce la volonté du Très-Haut...

Où se situe toute la science, toute la prévoyance, tous les savoirs et quid de l'impuissance des puissants de ce monde face à ce terrible chamboulement de la calamité ?

Du haut de la falaise, isolé au beau milieu de cette contrée pittoresque, perdue du monde de la civilisation où la nature sauvageonne règne sans partage sous un ciel de nuage clairsemé qui flirte avec le sifflement assourdissant de la brise venant du grand large, lieu atmosphérique sournoise, pétrifiée d'odeur fétide nauséabonde de la mort dont les mystères planent toujours dans cette solitude aride, à l'endroit où la mer est plus furieuse, plus rugissante avec son râle et sa bave d'écumes mousseuses blanchies, Rex Zaditen se profile comme une statue de l'antiquité grecque avec son enfant tout tendrement replié, recroquevillé dans ses bras, donnant l'étrange impression d'une forme fœtale dans le ventre d'une mère.

Serrant de plus en plus l'enfant avec délicatesse, avec tendresse et avec une douceur infinie contre son sein, indifférent à tout ce qui l'entourait, sidéré, médusé, plongé dans le nirvâna, le buste légèrement penché en avant, il fixe le vide dans l'ultime effort d'atteindre l'autre bout de soi-même…

Spontanément, tout lui devient confus, abstrait… le ciel, la mer et la terre se confrontent, se confondent dans une transformation inamovible, une métamorphose inavouée, inachevée dans les cours des temps.

Alors que non loin de là, comme par enchantement, apparaît, surgissant tout en boule, débouchant sur la clairière, haletante, hors d'elle, exténuée de fatigue, les cheveux en désordre, le fichu fripeux descendu autour du cou, le visage affolé, baigné de sueurs, les traits tirés, les yeux hagards, à bout de souffle, morte d'épuisement, la femme de la barrière est toute retournée, n'en croyait pas la vision qui s'offrait à sa vue.

Charlotte Guylaine, toute saisie, meurtrie, pétrifiée, terrifiée, brusquée dans sa course éperdue, suffoquée, s'arrête, s'immobilise, se cambre, s'arc-boute, cache son regard de ses mains et, pour exprimer toute son horreur n'a qu'un cri enragé de violente révolte qui sort de sa gorge déployée pour se transformer en un hurlement horrible, déchirant l'espace, pourfendant la solitude dont l'écho résonne comme une grêle, un grondement de tonnerre dans le ciel : nooooonn !!!

Le lendemain, les principaux journaux du pays titraient à la une, en gros caractères endeuillés, que les vendeurs répandaient à la criée, en brandissant avec ostentation une feuille du journal et reprenaient en chœur les titres en une de l'en-tête :
« Drame à Souffleur ». Du haut de la falaise, un homme se jette dans le vide avec dans ses bras son unique enfant, âgé de 2 ans...

Fin

République de Maurice, l'An 2024

EIN HERZ FÜR AUTOREN A HEART FOR AUTHORS À L'ÉCOUTE DES AUTEURS MIA KAPΔIA ΓIA ΣYΓΓP.
HJARTA FÖR FÖRFATTARE UN CORAZÓN POR LOS AUTORES YAZARLARIMIZA GÖNÜL VERELIM SZÍV
CUORE PER AUTORI ET HJERTE FOR FORFATTERE EEN HART VOOR SCHRIJVERS TEMOS OS AUTO
SERZŐINKÉRT SERCE DLA AUTORÓW EIN HERZ FÜR AUTOREN A HEART FOR AUTHORS À L'ÉCOU
GRAÇÃO ВСЕЙ ДУШОЙ К АВТОРАМ ETT HJÄRTA FÖR FÖRFATTARE Á LA ESCUCHA DE LOS AUTOR
AUTEURS MIA KAPΔIA ΓIA ΣYΓΓPAΦEIΣ UN CUORE PER AUTORI ET HJERTE FOR FORFATTERE EEN H
YAZARLARIMIZA GÖNÜL VERELIM SZÍV ... NKET SZERZŐINKÉRT SERCE DLA AUTORÓW EIN HERZ FÜR
VOOR SCHRIJVERS TEMOS OS AUTORES NO CORAÇÃO ВСЕЙ ДУШОЙ К АВТОРАМ ETT HJÄRTA FÖ

L'auteur

H. Fajurally est né le 14 décembre 1945, à
l'Ile-Maurice, pays à vocation touristique. Il est
l'heureux père de famille de trois enfants. Orphelin
du coté paternel dès son jeune âge, il n'a jamais
pu s'adapter à l'école. Tout jeune, il travaillait
dans une station-service dont il passait plus d'une
quarantaine d'année de sa vie. Il eut la chance de
rencontrer le célèbre éditorialiste et écrivain André
Masson. Il lui fit prendre conscience de l'essentiel qui lui manquait : la culture académique. En
autodidacte, il va tout faire pour maîtriser la langue
française. Sa soif d'apprendre et de connaitre,
devient une source de connaissance intarissable.
Par la suite, il voit de nombreuses portes s'ouvrir
devant lui et qui lui font découvrir des domaines
jusqu'alors inconnus. Au bout du compte, il se
découvre une vocation de libre-penseur. L'auteur a
publié plusieurs ouvrages littéraires, une revanche
pour un travailleur manuel.

La maison d'édition

*Qui arrête
de progresser,
arrête d'être bon!*

En se basant sur notre slogan, c'est notre désir de trouver de nouveaux manuscrits et de les faire publier. Depuis plusieurs décennies déjà, nous avons donné nos cœurs aux livres et nous nous engageons pour chacun de nos auteurs et chaque livre personnellement.

Nous faisons pour chaque manuscrit une relecture en quelques semaines. La relecture est gratuite et sans engagement.

Pour plus d'informations sur notre maison d'édition et nos livres, reportez-vous à notre site:

w w w . n o v u m p u b l i s h i n g . f r